Ton père, ce héros

Du même auteur

Petit traité de vélosophie, Plon, 2000.
Petit traité de footballistique, Albin Michel, 2004.
Carnets intimes, Fluide Glacial, 2004.
Journal intime d'un bébé formidable, Flammarion, 2005.

didier.tronchet@laposte.net

Didier Tronchet

Ton père, ce héros

roman

Flammarion

ISBN : 2-08-068925-8

Trois ans

C'EST TON JARDIN EXTRAORDINAIRE...

JE T'OBSERVE sur le parvis de la gare. On a une heure à tuer avant le prochain train. Tu es cerné de trajectoires rectilignes, tracées par des hommes et des femmes, portant sacs ou mallettes, et sachant parfaitement où ils vont, d'un pas sûr, vif et précis. Nulle courbe dans leurs déplacements sur cette dalle en béton. Droit au but, sens de la responsabilité, respect des horaires, certitudes, rectitude.

Toi, tu es tout l'inverse. Électron libre qui suit un itinéraire erratique sans but ni raison, animé par la volonté autonome de tes deux jambes qui la transmettent à tes deux pieds. Tu coupes toutes les droites par tes zigs, tes zags, et tes spirales ralentissent les allures, brisent les élans, circonviennent l'ordre établi de l'urgence urbaine. Le tout en gazouillant.

Tu donnes à tous, en petit pédagogue anarchiste, un cours magistral de gestion du temps, de l'espace, et du corps. Ton papillonnage fait ressortir crûment cette rigidité ambiante. Et chacun va vers son train sans avoir entr'aperçu le miroir que tu nous tends.

Il pleut. Notre petite sortie tombe à l'eau. On a trouvé refuge dans cet « espace pique-nique ». En tout cas, c'est ce qui était inscrit sur une flèche jaune, et qui nous a entraînés là. En guise d'« espace pique-nique » : un cube de béton, avec des portes vitrées, un sol en carrelage blanc. Quelques tables de style « salle polyvalente ». Bref, nous voilà penauds, assis là, une misérable crêpe à la main. Je jette un coup d'œil circulaire. Personne. Juste un employé qui passe la serpillière.

Tout est réuni pour me filer un cafard d'encre. Et pourtant, non. Mon tour d'horizon s'achève sur toi. Trop petit sur ta chaise plastique, les deux avant-bras posés sur l'arête de la table, les deux mains serrées sur ta crêpe en caoutchouc, et tes joues gonflées qui ruminent. Je devrais pleurer, j'ai envie de rire. Quand tu es là, ça va.

Le décor le plus sinistre du monde, avec ta bouille en plein milieu qui mastique, ça va. Tu es mon antidote au poison de la tristesse.

C'est ton jardin extraordinaire...

ON MARCHE LONGTEMPS entre deux portes du périphérique. Et soudain le voilà, avec sa grande tente rouge et blanche : le cirque ! Tout le long du trajet, tu ne m'as parlé que de ça : les éléphants. Évidemment, *Dumbo* que tu as vu des dizaines de fois en cassette, c'est excitant de le voir en vrai. « Avec sa maman ! » OK. Je sais pas si ce sera exactement Dumbo et sa maman, mais il y aura des éléphants, sûr. (Eh, pas fou, j'ai téléphoné avant.)

Le spectacle se déroule, interminables numéros de jonglerie qui ne t'épatent pas une seconde. Tu ne comprends pas très bien où est l'exploit là-dedans. Le vrai spectacle pour toi, je te connais, serait que le type qui fait tourner les assiettes sur un bâton au bout de son nez se prenne toute sa vaisselle sur la tête dans un fracas réjouissant. Ça, ce serait réussi. J'avoue que je suis assez d'accord. Mais le type achève son numéro avec sa vaisselle intacte. Constat d'échec total, donc. Suivi d'une ballerine qui danse sur un fil et qui, pareil, ne tombera pas. Quelle succession de ratages !

Je m'apprête à m'en excuser, lorsque tu me réclames pour la quatrième fois les éléphants, « c'est quand qu'ils arrivent ? ». Mes « Bientôt ! bientôt ! » embarrassés ne sont pas convaincants, et je te vois sombrer avec horreur dans un demi-sommeil, rapidement suivi d'un complet endormissement. Bien sûr, à peine gis-tu sur mes genoux qu'entrent en fanfare nos amis les éléphants, accompagnés d'une bondissante cohorte d'autruches. Tous les enfants applaudissent à tout rompre. Sauf toi qui reposes par trente mètres de fond. J'essaie bien de te secouer gentiment, en te portant à bout de bras, tu ouvres à peine une paupière sur la famille Dumbo, avant de replonger.

Me voilà seul, si seul au monde, à contempler un rassemblement de pachydermes dressés sur leurs pattes arrière, sous une volée d'applaudissements d'enfants qui me cloue un peu plus au pilori. Tu te réveilles enfin avec les acrobates en monocycle, bâilles en me demandant si « on y va ? ».

D'accord, on y va. Allez, on va regarder une cassette à la maison. « Ouêêê ! *Dumbo* ! »

TU REVIENS DE TA CHAMBRE, effrayé, pantalon aux chevilles et ta petite verge dressée. « Mon zizi, il a un problème ! » annonces-tu tout de go à ta mère. Je m'abstiens d'intervenir, goguenard. Comment va-t-elle se sortir de ce piège pédagogique ? « Ton zizi, il est content ! » te dit-elle simplement.

Pas mieux.

C'est ton jardin extraordinaire...

LE JOUR DE NOËL, en découvrant ton cadeau, tu as levé les poings au ciel en criant : « On a gagné ! » J'aime bien cette conception de la vie que tu as : une loterie permanente où il n'y a pas de perdant.

AU SALON DE L'ENFANCE, il devrait bien y avoir quelque chose pour toi... Oui, des petits trains ! Je t'observe, si frêle, au milieu de la meute. Tous ces enfants anonymes, ennemis, qui veulent te prendre ta locomotive rouge, qui te piquent un wagon de marchandises quand tu avais presque constitué ton train, et qu'il allait démarrer, joyeux. Je deviens égoïste comme toi, intransigeant, paranoïaque. Empli d'une colère contre ces intrus, ces barbares juniors. La même colère que celle qui te fait rugir, pleurer, puis jeter la locomotive par terre. Tu sautes maintenant dans mes bras, me serres très fort pour me prendre à témoin de l'injustice flagrante et parachever ainsi l'œuvre fusionnelle.

Je vois avec frayeur jusqu'où peut me conduire cet amour immodéré pour toi. Dans cette bulle d'intolérance qui n'a pas d'issue. J'oublie que ma vocation est de t'ouvrir au monde, et la tienne parfois de m'enfermer dans le tien.

JE SUIS PRESSÉ, je suis pressé de te quitter pour « faire des choses importantes ». Et quand je t'ai quitté, l'importance de ces choses à faire m'apparaît moindre. Je m'aperçois que, finalement, la chose importante aujourd'hui, c'était toi.

TON CHAT BOWIE a attrapé une souris. Tu veux empêcher le massacre, en bon petit Casque bleu du règne animal. De loin, je t'entends négocier : « Bowie arrête ! Elle est gentille. Laisse-la partir, elle va pas te faire de mal. »

J'aime bien que tu ne te plies pas aux lois sauvages de la nature, que tu n'acceptes pas encore l'ordre des choses. Que tu ne tiennes pas pour acquise la violence du monde.

QUI A DÉCIDÉ de cette distribution des rôles ? Que c'est nous autres les grands qui avions le savoir, et que vous autres les petits aviez tout à apprendre ? J'ai tellement souvent l'impression de l'inverse. Ma pédagogie n'a rien à envier à la tienne. Et ta méthode en tout cas est bien meilleure : aucune rhétorique, aucune attitude sentencieuse, aucun interdit, pas de jugement. Juste l'exemple. Il te suffit d'être, insouciant, dans l'instant, et c'est déjà une formidable leçon de vie.

Que tu dois me rabâcher chaque jour. Tellement j'oublie vite, mauvais élève.

C'est ton jardin extraordinaire...

VISITE À LA GRANDE GALERIE DE L'ÉVOLUTION, au Muséum d'histoire naturelle. Avec cette fameuse procession d'animaux empaillés qui va du plus petit singe au plus gros éléphant, en passant par la girafe et le tigre. La mise en scène est impressionnante : c'est l'arche de Noé qui se déverse sur un plateau plongé dans une lumière d'apocalypse. Comme toujours, j'observe tes réactions du coin de l'œil. Déception. Je pensais t'en mettre plein la vue, de l'animal jusqu'à ras bord, et tu sembles chipoter ton enthousiasme.

Tu te diriges vers un poste de télé qui diffuse des documentaires animaliers. Magnétisé par le spectacle d'une chasse de guépards. En tout petit. En noir et blanc. Sur un écran plat. Alors qu'une cohorte d'animaux féeriques, figés dans leur démarche majestueuse, s'offre à toi, juste dans ton dos.

Oui mais « figés », c'est bien ça le truc. Je viens de le comprendre. C'est du statique, de la statue, du mort. Une sorte d'instinct du vivant t'a fait délaisser ces corps monumentaux où rien ne vibre, pour ces guépards bondissants en noir et blanc. Même sur un écran minuscule, ce vivant-là te parle plus que la représentation grandiose, mais pastichée, de la vie animale.

Tu suis naturellement ce principe simple et sain qui veut que la vie aille à la vie. Récemment venu sur terre, tu en es encore tout gorgé, tu la cherches autour de toi, tu la répands, et au besoin tu l'inventes. Il faut voir comme tu animes tes jouets, leur communique ton énergie vitale.

J'ai le sentiment que c'est ta mission sur Terre, à toi et aux autres petits extraterrestres. Reféconder chaque fois cette vieille planète, quand nous autres les vieux Terriens succombons jour après jour, irrésistiblement, à la tentation mortifère de tout figer autour de nous.

BRAS CROISÉS, tu te poses à voix haute cette vraie question : « Et maintenant, qu'est-ce que je vais faire, à mon avis ? »

IL Y A UN MOMENT de notre vie commune auquel je repense souvent, avec un sentiment d'effroi. Tu n'avais pas encore deux ans. Exaspéré, je te grondais fermement pour je ne sais plus quelle bêtise, en te conduisant vers ta chambre. En chemin, secoué de sanglots, tu m'as répété trois fois : « Est-ce que je suis gentil ? » J'ai lu dans tes yeux une sincère terreur, qui m'a troublé un instant, mais tout à ma colère, je n'ai pas saisi ce qui était en jeu. Je t'ai répondu par un vague « mais oui bien sûr », comme une évidence qui ne se discutait pas, puis je t'ai posé et la porte s'est refermée sur ton angoisse, intacte.

« Est-ce que je suis gentil ? »... Comment n'ai-je pas vu l'abîme qui s'ouvrait sous tes chaussons à pompons ? Car dans cette formulation naïve, ta vraie question était la suivante : « Qui suis-je vraiment, pour qu'on me gronde tout à coup aussi sévèrement ? Et si j'avais vécu dans l'erreur jusqu'à présent d'être un bébé parfait, et que là, l'évidence se faisait, brutale : je suis un bébé méchant. »

C'est ce constat qui fit s'allumer cette lueur affolée dans tes yeux. « Est-ce que je suis gentil ? », lancé par-dessus mon épaule, n'était rien d'autre que l'appel au secours d'un apprenti naufragé dans une tempête existentielle, auquel j'aurais répondu par un irresponsable « rien de grave ! », de celui qui continue à fumer sa pipe accoudé au bastingage.

NOUS SOMMES TOUS LES DEUX debout autour de la cuvette. Nous pissons de concert. Nos jets s'entrecroisent. Ce moment de complicité, je sais que tu ne l'auras jamais avec ta mère, ni ta sœur, ni ta chienne. Je l'apprécie comme tel. Toi aussi. Nous échangeons un clin d'œil, remontons nos braguettes, et sortons tous les deux, imbus de cette tranquille assurance : nous sommes des hommes.

JE VAIS TE CHERCHER à la gare de Lyon. C'est Prunelle, ta marraine, qui te ramène après ce trop long séjour chez elle. Et je m'aperçois que je cours le cœur battant à l'arrivée de ce train, comme à un rendez-vous amoureux. Le même picotement, le même frisson, cette même crainte qu'il n'y ait personne que j'ai connue avec ta mère (et connais encore !).

Si jadis, jeune chien fou courant éperdu sur des quais de gare, vous m'aviez dit que je le ferais un jour pour un garçon, de même pas vingt kilos, je vous aurais ri au nez, serrant dans mes bras la femme désirée, certain de n'avoir jamais envie de serrer dans mes bras autre chose qu'une femme désirée. Et pourtant.

GROSSE COLÈRE. Tu trépignes et tu cries. Cinq minutes plus tard, tu reviens, penaud : « Excuse-moi, papa... J'étais comme un animal sauvage. »

TOI ET MOI aimons beaucoup dire du mal des bébés. L'autre jour, nous sommes tombés d'accord sur ta proposition que, véritablement, les bébés avaient de petites mains. Je me suis permis de surenchérir, stigmatisant la semblable et ridicule petitesse de leurs pieds itou. Hochant vigoureusement la tête, tu as réfléchi un long moment, qui m'a semblé intense, pour finalement proférer que les bébés avaient aussi de petites bouches.

J'ai senti que nous aurions pu poursuivre à l'infini notre diatribe anti-bébés, passant en revue tous les éléments qui concouraient à définir la nature même des bébés : à savoir qu'ils sont petits.

Toi et moi sommes des pourfendeurs insatiables de l'univers bébé. En ce qui me concerne, c'est assez récent. C'est surtout depuis que tu ne l'es plus. Je ne suis pas fier de ces retournements de veste, mais je tente de suivre les méandres de ton évolution et de tes reniements avec une loyauté indéfectible, emporté par ta course effrénée vers le toujours plus grand, qui n'aura pas de fin.

J'ADORE QUAND TU DIS, avec fermeté : « J'ai décidé... », « Je le veux... », « C'est moi... » Tu ne pèses rien, tu es tout petit, tu n'as aucune force, aucun pouvoir, tu es dépendant pour les choses essentielles, manger, dormir, etc. Mais tu affirmes ta volonté, dans une totale et émouvante innocence. Le moucheron qui dirait au mammouth : « Dégage ! »

Je suis toujours touché par cette expression miraculeuse de ton désir. J'ai l'impression que c'est une flammèche de bougie qui tremblote dans l'obscurité. Je sens qu'il faut la protéger, que le feu ardent qu'elle sera plus tard est déjà tout entier dedans.

Quand je te gronde, j'ai parfois envie de rire de ce que je dis, de comment tu réagis. Tout ça n'est qu'un jeu. Moi-même, je n'y crois pas. Ce qui nous sauve : savoir qu'on joue un rôle. Toi l'enfant, moi le papa. Le jouer quand même, mais n'en être pas dupe. Et dès que possible, retrouver nos peaux nues de simples humains, sous ces frusques qui ne sont pas les nôtres.

Je me cogne la tête au chambranle de la porte de la grange. Dès que tu vois le sang, te voilà pris d'une indiscutable compassion. Tu m'accompagnes de tes « zut ! zut ! » jusqu'au lavabo, les deux mains sur les joues. Pratiquement, ça ne m'est pas d'un grand secours, mais intimement, cette douleur partagée par toi avec autant de sincérité me console. Il ne te viendrait pas à l'idée de me dire « allez, c'est rien, c'est qu'un petit bobo », ce que nous les adultes faisons pourtant dès que tu t'écorches le genou.

Toi qui connais le drame à ton échelle d'un genou griffé, tu ne peux pas nier cet autre drame d'une plaie au front. Tu es solidaire à 100 %. Et non pas amusé-condescendant, tel que nous le sommes à chacune de tes chutes.

À nous qui avons perdu le souvenir de la chute, il faudrait de temps à autre quelques chambranles de porte, comme stages de remise à niveau.

Pour toi, j'ai vécu la honte. Je me suis laissé introduire un tube en caoutchouc dans le derrière. Et toutes les dix minutes j'ai dû expulser deux litres d'eau par le même canal. Vêtu d'un simple tablier en papier bleu qui découvre largement les fesses, de chaussons en plastique, et d'un bonnet bleu. Et entouré d'infirmières, m'a-t-il semblé, vaguement sarcastiques. Puis on m'a endormi (enfin !) pour m'introduire une caméra microscopique dans les intestins.

Une côloscopie, on appelle ça. Je ne m'étais jamais résolu à faire cette opération de contrôle. Ça me semblait une épreuve surhumaine (et de fait...). Mais un jour tu as eu trois ans, l'âge que j'avais quand mon père à moi est mort d'un cancer des intestins. Mal héréditaire paraît-il. Et maintenant que je t'ai sous les yeux au même âge, bonhomme insouciant, plein d'amour pour la vie et pour moi, j'imagine un peu mieux ce que c'est de voir son père brutalement arraché de soi, expulsé vers le néant.

Alors je n'hésite pas. Tant pis pour le tuyau dans l'anus, et le bonnet sur la tête. Rigolez bien les infirmières. Je m'en fous. Dans mon petit tablier bleu dégagé sur les fesses, je suis tout simplement en train de conjurer une malédiction.

Je m'interroge sur l'extrême curiosité que je t'ai portée depuis ta naissance. Et ce besoin de consigner... Les autres pères tiennent-ils un journal de bord scrupuleux pour chacun de leurs enfants ? Peut-être un peu au début, et puis la vie reprend le dessus. Ils préfèrent sans doute vivre que raconter.

Oui mais voilà : moi je n'ai vécu avec mon père que trois années, les trois premières. Et ce parcours initial que tu accomplis, je l'accompagne de très près, comme s'il s'agissait pour moi de connaître enfin ce paradis originel. De voir de quoi il était constitué, ce qu'a vécu mon père à mes côtés, de voir par ses yeux, et in fine, de le faire revivre.

Lourde tâche pour toi que celle de faire revivre les morts. C'est déjà pas facile de faire vivre les vivants.

La découverte physiologique du pet se double maintenant chez toi d'une émotion littéraire. En ce moment, tu produis en effet une abondante littérature autour de ce phénomène gazeux. Loin de le dissimuler maladroitement sous des toussotements gênés (posture typiquement adulte), tu t'en fais le chantre, le thuriféraire.

Ainsi, au débotté et à tout propos, tu enrichis chacune de tes phrases de la locution terminale « qui pète ». Exemple, le gros mammouth... qui pète (ça, nous te le concédons sans mal). Mais si ta sœur annonce qu'elle met le linge dans la machine à laver, il te paraît utile de préciser « la machine à laver qui pète ». Et notre consternation désapprobatrice ne t'empêche pas d'émettre l'hypothèse que le linge, lui aussi, pète. Devant notre indignation cette fois à son comble, tu nous tiens tête, assurant sans barguigner que nous-mêmes nous péterions, juste avant de claquer la porte. Et d'ajouter, l'entrebâillant, que nous ne serions ni plus ni moins que de gros prouts. Sortie très théâtrale.

Au passage, signalons que le « gros prout » est l'autre locution récurrente. Tes envolées lyriques sont aussi constellées de gros prouts épars, qui atterrissent dans tes phrases, au jugé, et au prix de quelques éclaboussures grammaticales. Mais toujours ils font ton bonheur.

L'autre jour, il m'a semblé que, chercheur infatigable enfin récompensé, tu étais allé au bout du concept, que tu étais parvenu au terme d'une ramification sémantique, par cette ultime litote : « Le gros prout qui pète. » Il m'a semblé qu'on ne pouvait pas faire mieux. Que la boucle était bouclée, et que tu allais faire de même.

Que non pas : j'ai compris bien vite que cette chaire de pétologie que tu t'attribuais couronnait une carrière, mais ne t'empêcherait pas d'exercer.

DANS CE DROIT FIL, et connaissant le bruit caractéristique de cet instrument, il ne fait aucun doute pour toi qu'un joueur de trompette s'appelle... un trompeteur.

TU PARAIS DEVANT MOI, arborant un masque de lion. Tu me prends par la main. « Viens voir, un truc incroyable ! » et tu me traînes jusqu'au grand miroir de la chambre. Là, tu me montres ton reflet, ton visage de lion. Et tu guettes ma surprise. Évidemment, toi ce n'est que dans le miroir que tu te vois. Mais moi, j'ai déjà pu constaté ta léonine métamorphose, en direct.

Bon public et pas coupeur de cheveux en quatre sur ce coup, je mime malgré tout la terreur soudaine devant le miroir. À ta plus grande joie. Pour ce résultat, je suis prêt à tricher sans scrupules.

C'est ton jardin extraordinaire...

Nous voilà fâchés. Je n'aime pas qu'on se fâche. Toi non plus. Tu hurles de colère, mais aussi de tristesse. Quand je t'accepte enfin dans mes bras, tes larmes s'arrêtent instantanément. Tu n'es plus qu'une lente respiration apaisée.

À cet instant, je m'aperçois du super-pouvoir en ma possession, celui de consoler. Un fabuleux don du ciel : effacer la tristesse, assécher des larmes. Quel autre pouvoir peut-on convoiter sur Terre, qui ne produise pas un vainqueur et un vaincu, mais deux survivants ?

Ta mère, grande observatrice du monde animal : « Antoine, ce matin, j'ai vu une fourmi qui portait une ÉNORME graine sur son dos ! »

Antoine, les deux bras écartés : « Énorme comme ça ? »

C'est-à-dire que tu avais transposé le concept d'énormité à ton échelle. Et aussitôt m'est apparue cette évidence : ce monde dont je prétends si bien connaître les contours est finalement infiniment moins excitant que le tien. Du récit de ta mère, tu tires l'imagerie fantasmagorique d'une fourmi de trois millimètres à peine portant sur son dos sans barguigner une graine monstrueuse de dix milliards de fois son poids, grosse comme quinze ballons de foot en plomb.

Et si on pousse plus loin la logique de l'écosystème que tu induis, ces graines monstrueuses produiront des fleurs gigantesques ou des arbres hauts comme la tour Eiffel. Dont chaque feuille se détachant pourrait nous porter dans le vent comme un tapis volant, ça te paraîtrait tout naturel.

Ta réaction simple et spontanée m'a entrouvert la grille de ton jardin secret, qui contient tous les possibles.

AUJOURD'HUI, on a fait une extraordinaire promenade en voiture. En Auvergne, on a surplombé des ravins, des cascades phénoménales, traversé un décor de sucs, de volcans éteints majestueux dans une lumière de fin du monde. Au retour, tout éberlués, nous sortons de la voiture.

— Qu'est-ce que tu as préféré aujourd'hui, Antoine ?

— C'est quand on a mangé des frites.

C'ÉTAIT UNE VOITURE DE POLICE, dotée paraît-il de sirènes multiples, de phares bleus clignotants et roulant en tous sens avec un vrai bruit de moteur. Mais nous l'avons achetée d'occasion à une brocante. Impossible de savoir si elle marche vraiment avant de l'avoir essayée à la maison.

Ta mère (c'est elle l'experte en mécanique) a placé les piles adéquates dans leur logement. Puis a prononcé ces mots : « Ça fonctionne. » Aussitôt, la sirène a retenti. Bras au ciel, tu as répété : « Ça fonctionne ! » Je suis sûr que tu ne connaissais pas ce mot auparavant. Et pourtant, la signification du phonème pourtant complexe « fonctionner » a jailli en même temps que le clignotant. Et la lumière bleue fut.

Tout l'après-midi, je t'ai entendu répéter cette formule magique, « ça fonctionne », sésame de l'inerte au vivant.

CE QU'IL T'A FALLU DE COURAGE, ce jour-là. Nous t'avions exclu du match de foot entre grands, au prétexte de ta petite taille, et parce qu'on voulait jouer entre adultes, allez c'est notre tour, laisse-nous. Tu as quitté le terrain en larmes, en colère, blessé, abandonné des hommes. Nous avons donc pu jouer entre nous, ma mauvaise conscience rapidement effacée par l'ardeur au jeu.

Puis je t'ai vu, toi et ta vingtaine de kilos, marchant vers nous, de très loin, d'un pas mesuré. Tu es parvenu sur le terrain, au milieu de tous ces colosses qui s'agitaient violemment pour une balle en plastique et se sont interrompus un instant. D'une voix tremblante, surprise de sa propre audace, tu as levé un bras hésitant, index tendu : « J'ai besoin du ballon. »

Requête exorbitante, qui n'avait aucune chance d'aboutir, adressée à une assemblée d'adultes incrédules, mais formulée le front haut, sans réel espoir, un fragile défi aux puissances surnaturelles, et qui t'a valu mon admiration ce jour, vaillant petit tailleur parmi les géants, mon fils.

Bien sûr, nous avons repris la partie comme si de rien n'était. Mais pour moi, plus tout à fait comme si.

UN DIMANCHE MATIN. Tu es dans notre lit, avec ton père et ta mère. Un genre de paradis terrestre. Nu entre Adam et Ève. Tu ronronnes sous les caresses. Un moment de bonheur animal. Tableau idyllique ? Non, pour certains pédopsychiatres, vision d'horreur. Nous avons tout faux. L'enfant ne doit pas fréquenter la chambre parentale, encore moins le lit. Confusion grave entre le sexuel et le filial. Et puis ces caresses répréhensibles sur le corps de l'enfant nu... Alerte !

Dans le climat actuel de suspicion pédophile, il est devenu malsain de caresser son enfant. Quelle folie ! La déviance pédophile existe. Mais lutter contre cette monstruosité n'implique pas de sombrer dans la psychose, la peur du contact animal avec le corps de son enfant. Les caresses sont l'un des gestes les plus naturels, les plus anciens de la mémoire humaine, et les plus fondateurs de l'amour filial. Les caresses sont la meilleure école de la sensualité.

Quelle ironie tragique : un enfant sevré de contacts sensuels par crainte de pédophilie qui deviendrait un jour un adulte mal dans son corps et sexuellement désaxé !

DES AMIS M'APPRENNENT que leur bébé a été choisi dans un casting pour une publicité. Ils se réjouissent de voir bientôt leur enfant dans les pages glacées d'un magazine, à côté d'une boîte de lait en poudre. Je suis accablé. Je regarde ta tête blonde, ton visage qui respire la candeur. Comment peut-on la galvauder, la donner en pâture (la vendre) ?

Je ne fais pas part à mes amis de mon sentiment, qu'ils jugeraient rabat-joie. Je suis simplement triste qu'ils aient trouvé anodin de confier un cadeau du ciel à des trafiquants d'innocence.

TON FILM PRÉFÉRÉ, en ce moment, c'est, je te cite, *La Bête et la bête*. Le dessin animé de Walt Disney. Je te fais répéter : oui, j'ai bien entendu, c'est *La Bête et la bête*. Ce titre ne t'interpelle pas le moins du monde. Tu ne te poses pas la question de savoir comment les différencier. Qui serait la bête, et qui serait la bête ?

Et pourquoi ce titre répétitif au lieu d'un intitulé plus ramassé, tel *Les Deux Bêtes*. Non. Ça c'est bien le genre d'interrogation métaphysique de grande personne, totalement inutile. Ton film préféré, c'est *La Bête et la bête*, point. OK, je m'incline.

AUJOURD'HUI, tu m'as donné ta définition de l'Amour : « Aimer, c'est donner des sucettes Pokémon. » Pas mieux.

À LA FOIRE DU TRÔNE, ton attraction favorite, ce n'est pas les grands manèges clinquants, c'est encore la pêche aux canards. Au milieu de tous ces éclats de lumière, ces cris du train fantôme dans les haut-parleurs et ces musiques agressives, je te trouve tellement attendrissant, concentré sur le crochet de ta baguette. Et hop, un petit canard rouge capturé. Et toi, super fier d'avoir réussi le carton plein : cinq canards (tous les enfants du monde réussissent les cinq canards, c'est un jeu où il n'y a jamais eu de perdant depuis l'aube de l'humanité mais je me garde bien de te le dire).

Voici donc le grand moment : choisir le cadeau. Avec consternation, je te vois désigner du doigt l'énorme flingue « Police force », gros comme ton bras. Est-ce bien le même enfant, fasciné par les petits canards en plastique sur l'eau, et qui arbore maintenant un « gun » de killer, visant dans la foule au hasard, descendant même froidement trois passants innocents dont un mineur, d'un bruit de bouche hyperréaliste ?

Oui, c'est bien le même. Dualité profondément humaine : abriter en soi à la fois le loup et l'agneau. Continue à aimer les canards et à tirer dans la foule. Cet antagonisme se résorbera de lui-même, sans que j'y mette mon grain de sel moraliste. (J'espère ?)

Je te vois monter sur le banc du médecin, espiègle, rigolard, amusé par tous les objets étranges du cabinet. Plaisantant avec le docteur. Moi, je mime la décontraction mais j'ai l'estomac noué. Je sais que le médecin va inciser ta blessure d'un coup de scalpel, et je me fais l'effet d'être un complice du bourreau.

Quand tu hurleras, je ne chercherai même pas à t'expliquer que c'était pour ton bien, tu souffriras et ce « pour ton bien » sera parfaitement incongru, non, je regarderai la pointe de mes souliers, traître démasqué, honteux. Mais crois-le, incisé presque autant que toi.

C'EST UNE PHOTO que mon père a prise de moi. Je le regarde, immense, au-dessus de moi. Je souris avec la certitude que rien n'aura jamais de fin, que ce père est invincible. Ma mère me dit que c'est la dernière photo qu'il a prise. Il est mort le lendemain. Sans même avoir vu la photo développée.

De là peut-être cette frénésie de te photographier, de fixer ce même sourire plein de candeur que tu m'adresses, quarante ans plus tard. Et cette intranquillité, tant que la photo est encore dans l'appareil.

QUAND JE VOIS LA PLACE que tu prends dans ma vie, toi seul... Je me demande comment elle s'en est sortie, ma mère, brutalement sans mari, et quatre enfants sur les bras ? Moi qui ai déjà tant de mal à savoir ce qu'est un bon père, il lui a fallu, elle, être une mère et un père à la fois. Savoir répondre aux exigences d'un adolescent, en même temps qu'aux cris d'un nourrisson, ne sacrifier personne, et permettre qu'un jour chacun de ses enfants réalise son rêve, loin d'elle. Ce qu'elle a réussi. Ma mère, ce héros...

POUR MOI, l'idée d'un père (avant toi, je veux dire), c'était Jean Gabin. Un type bourru, la nuque raide, ayant une formule définitive sur tout, et qu'il ne fallait pas contrarier. La science infuse, l'expérience de la vie sur les épaules voûtées et le front ridé de certitudes. Un geste de lui au bout de la table, mangeant sa soupe, et tout le monde retient son souffle. La vérité va sortir. Sans appel.

Surtout : aucune faiblesse. Le moindre doute affiché et tout l'édifice s'écroule. Je croyais ça : ne montrer aucune faille pour être respecté. Jean Gabin, sa tignasse blanche, et ses mains comme des battoirs : « je sais, je sais... »

Sans vous contrarier, cher Jean, j'ai appris qu'on pouvait dire à un enfant « je me suis trompé » sans déchoir. Et « excuse-moi, j'ai été idiot » sans qu'il cesse de nous respecter. Je dirais même au contraire.

LE BONHEUR est une notion volatile. Un état indéfini, presque mythique. Une vue de l'esprit, une perspective. On ne l'atteint jamais totalement. Et si par hasard on y est, la peur d'en être soudain chassé nous en chasse. On est quand même tordus. Enfin, je dis on, c'est surtout je. C'est comme ça que je vis la chose, avec une bonne dose de culpabilité personnelle ou culturelle, et un peu de superstition.

Je disais « on » parce que je pense que malheureusement on doit être nombreux à se méfier du bonheur, à tenir cette idée à distance respectueuse, territoire fascinant mais forcément piégé. Trop beau pour être vrai. Le bonheur : un champ de fleurs, qui peut être aussi un champ de mines, donc de ruines.

Tu vois comme on s'est compliqué la vie, mon fils ? Pendant qu'on ratiocine, qu'on interprète avec circonspection, qu'on colle des étiquettes sur le gros colis suspect du bonheur, qu'on l'enterre au fond du jardin, toi tu le vis les deux pieds dedans. Je t'observe, effaré, jouer sans retenue, profiter de tout ce qui se propose à toi pour le transformer en joie sans limites.

Ce que je ne peux jamais dire de moi avec certitude, de toi je le dis : à cet instant, tu es heureux. Et même bougrement. Et quand parfois tu prends conscience de ma présence, là, à te regarder, prostré, grand couillon stupéfait, ton minois hilare me dit sans avoir besoin de mots : « Toi aussi, tu sais, tu as le droit ! »

Quatre ans

TOI, LE FÉROCE GUERRIER

AUX BUTTES-CHAUMONT, j'ai envie de te faire visiter les grottes. Ça devrait t'en mettre plein la vue. Il y a juste un ruisselet à traverser, et on y est. Je te vois jauger l'envergure du pas à faire, puis tu te lances. Comment as-tu réussi ce coup ? Quel talent caché possèdes-tu pour parvenir à te vautrer de tout ton long dans un ruisseau de quelques centimètres de large ? Résultat : dégâts maximum pour un risque minime. Trempé des pieds à la tête, hurlant comme un damné.

Et moi, père irresponsable, sous l'œil réprobateur du passant, te séchant misérablement avec un dérisoire mouchoir en papier. Aucun vêtement de rechange, évidemment, on ne partait pas pour le pôle Nord. Comment faire ? Nous sommes venus à vélo, l'air est plutôt frais aujourd'hui, nous sommes loin de la maison, tu pleures, j'ai le regard des autres braqué sur ma nuque, qui attendent tous que je trouve une solution au désarroi d'un enfant maltraité. J'ai beau te répéter, sur un ton faussement insouciant, que « tout va bien, rien de grave, papa est là », je n'y crois pas moi-même. Je suis là, mais je voudrais être ailleurs.

À cet instant de perdition paternelle, je l'avoue, je n'ai AUCUNE solution dans ma manche. Ta mère aurait déjà trouvé un truc, d'ailleurs elle aurait un change complet dans son sac à main. Moi non. Je ne suis pas bon en catastrophe. Et tes pleurs qui redoublent, et tes reproches de t'avoir emmené dans ce genre de gouffre, assortis de la menace à peine voilée de changer de papa...

Soudain, venue de nulle part, une mère de famille s'éloigne de son troupeau, et me donne un pantalon de survêtement d'enfant. « Mais... » bredouillai-je. « Je n'en ai plus besoin, gardez-le ». Puis elle repart au ciel, d'où elle était tombée.

Je peux donc envisager un rapatriement sanitaire honorable, et j'ôte mon manteau pour te couvrir le haut, le bas étant protégé par le miraculeux pantalon. Sur les pieds, je t'ai mis mes chaussettes repliées en trois épaisseurs. Quant à moi, j'ai rechaussé nu-pieds mes chaussures de ville.

Et nous nous en retournons sur mon vélo, toi enveloppé d'un blouson dix fois trop grand, moi grelottant en chemisette sous les assauts du vent. Personne ne s'en est ému sur notre passage, parmi les badauds suivant des yeux notre étrange équipage, tant il est vrai que le sort d'un enfant mouillé bouleverse les foules, tandis qu'un père transi, c'est qu'il l'a bien cherché.

Tu secoues les branches de l'arbre pour faire tomber les feuilles. « Je fais l'automne ! »

Devant une tombe :

— Papa, ce personnage, il est mort depuis combien de temps ?

— Dix ans.

— (Abasourdi.) Dix ans ? ? ! Mais c'est très très long !

Comment t'expliquer que la mort, c'est bien plus long encore...

Dans le bassin en pente douce de la piscine, tu ne t'es pas aperçu que tu allais trop loin. Te voici qui perds pied. Je te vois pencher la tête en arrière et le niveau de l'eau cerner dangereusement tes lèvres. Tu tends le bras frénétiquement vers moi et à cet instant je perçois une lueur tragique dans tes yeux, l'effroi d'un basculement vers l'indicible. C'est la première fois que je lis cette terreur dans ton regard, et elle me glace le sang au moment où je te sors des eaux et te serre contre moi.

Dans quel monde vis-tu, où le bonheur du jeu insouciant peut instantanément virer au cauchemar ? Un éden partout bordé par le grand vide, et qui peut-être lui donne son sens.

Je me souviens du jour où tu as appris que toi aussi tu allais mourir. Tu as soupiré un « oh » de déception, comme si le grand jeu d'être vivant avait une fin, et qu'il faudrait déjà aller au lit.

Le matin, à l'école, nous les parents, nous avons un petit quart d'heure à passer avec les enfants avant d'évacuer la salle. Alors je m'assois et je dessine avec toi. Je ne sais pas quand, mais une fois, tu as remarqué que je savais dessiner. Jusque-là, rien ne t'impressionnait, j'étais un papa comme les autres.

Tu m'as demandé un dinosaure. Je t'en ai fait un assez réussi je dois dire. Puis tu as voulu un avion. Plus dur, mais pas mal aussi. Et là, c'est comme si un monde infini s'ouvrait à tes côtés. Tu pouvais tout demander, et ça apparaissait sur le papier. Un bateau qui explose, avec un volcan derrière et des hommes-grenouilles, aussi des parachutes. OK, je m'y colle. J'étais finalement comme une autre main qui t'obéissait, mieux que la tienne, et qui exauçait tous tes souhaits sans effort.

Après, il te suffisait de prendre le dessin et d'aller parader dans toute la classe. Pratique, ce papa. (J'espère que tu n'envisages plus d'en changer.)

— ANTOINE, tu sais ce qui m'est arrivé, aujourd'hui ? On m'a volé mon vélo.
— Je sais qui a fait ça !
— Ah bon ? C'est qui ?
— C'est un voleur !

ON PIQUE-NIQUE TOUS LES DEUX. Je mastique mon sandwich, les yeux dans le vague. Et j'entends ta petite voix : « Hé ! On se regarde pour manger, quand même ! » J'aime bien que tu aies une conception innée de la politesse, sans qu'elle soit le résultat de conventions, ou de contraintes sociales. Tu ressens naturellement que le respect de l'autre, qu'être vraiment là avec lui, le faire exister même s'il est plus petit, passe par le regard échangé pendant le repas. Tu ne savais rien de cette règle, si tant est qu'elle existe. (Je parie que tu l'as inventée.)

« J'AI TELLEMENT BU que je meurs de plus soif. »

Ton père, ce héros

AUJOURD'HUI, je vois bien que tu t'ennuies en ma compagnie. J'aimerais être un dieu fascinant, en la présence duquel l'ennui n'est même pas envisageable. Un genre de magicien qui donne de l'intérêt à toute chose, d'un seul coup de baguette, avec plein d'étoiles scintillantes autour. Mais aujourd'hui, ça ne marche pas. Je vois ton regard éteint, et tes joues gonflées. Tu t'ennuies.

Puis, sans te rendre compte que tu me renvoies dans les limites naturelles de mon rôle de père, tu me demandes la seule chose que je ne puisse pas pour toi : « J'aimerais bien être avec un copain enfant. »

JE SUIS CLOUÉ dans le fauteuil par une gastroentérite, dont chacun connaît les effets. Envie récurrente de vomir (ou pire), état cotonneux, attention flottante, incapacité d'envisager quoi que ce soit. Bref, état larvaire. Rien d'autre à faire que t'observer sous mes paupières lourdes, alentour de mon fauteuil.

J'ai pu ainsi détailler, en comptable souffreteux, ce à quoi tu occupais ton temps, sans interruption, durant deux épouvantables heures. J'ai le souvenir d'un électron libre, rebondissant sur toutes les parois de l'appartement (sur le plafond aussi, m'a-t-il semblé), agitant les membres en tous sens, sans raison véritable, et sans souci d'enchaînement logique. Et surtout produisant une somme de bruits en tous genres, les moindres avec la bouche, les pires en fracassant des assemblages de Lego au sol. Chacun d'eux transperçant ma barrière de coton pour me faire vibrer les tympans.

Je suis sorti de cette expérience plus épuisé encore et avec le sentiment d'avoir passé un moment dans la cellule d'un fou furieux.

JUSQU'OÙ IRA TA FOI EN MOI ? Devant le fil de fer qui entoure le pré à vaches, tu hésites : « Je peux toucher ? » Moi, (irresponsable) : « Essaie... » Et voilà que tu te prends une décharge électrique. Un choc dont tu mettras une bonne heure à te remettre.

Trois jours plus tard, devant un enclos de moutons, même hésitation, et méfiance accrue. J'observe la clôture. Elle ne ressemble pas à un fil électrique. Mais sans doute aurais-je dû vérifier. Allez, je suis formel, vas-y. Deuxième décharge, deuxième indignation. Je fais profil bas.

Combien d'erreurs encore sur le permis à points de ta confiance en moi ?

CE MATIN, tu m'as dit l'une des phrases les plus glaçantes qui soit : « Si tu meurs, j'irai faire des câlins à ta tombe. »

SAIS-TU QUE JE T'INTERDIS l'accès à ma bibliothèque de vieux *Tintin*, les albums de ma jeunesse, non pas parce qu'ils sont précieux ou fragiles. Non. Pour le bonheur infini du jour où tu auras le droit de les prendre en main. Ou le jour où tu le feras en cachette. Les *Tintin* sacrés, de l'enfance de ton père.

Magie de l'interdit. Joie de la transgression. Je fabrique en secret dans un coin de ta mémoire un endroit mystérieux qu'aucune fortune ne peut acheter. Quelques *Tintin* écornés sur une étagère trop haute, et l'image d'un père, sourcils froncés, gardien du temple.

C'EST NOËL. En bon scénariste, je t'ai concocté une thématique de cadeaux très cohérente. Un château fort avec plein de chevaliers. Et une armure à ta taille, brillant de mille feux, avec une épée. Tout ça, bien sûr, rigoureusement daté de la même époque, le haut Moyen Âge. Je ne badine pas avec la réalité historique.

Et toi, en bon iconoclaste, tu as enfilé ton armure et mis ton chapeau de Zorro, puis, dans le château médiéval, tu as fait atterrir tes cosmonautes. Au grand désespoir de l'historien médiéviste.

Je voudrais te dire merci pour tous ces voyages chaque soir. Avec toi, j'ai voyagé jusqu'à l'île de la Tortue de Barbe-Rouge, couru jusqu'en Inde avec Corentin, dans la chambre du roi de la Grande Pyramide avec Blake et Mortimer, sur la Lune avec Tintin...

Comment font les parents qui ne lisent pas d'histoires à leurs enfants ? Ils ont un trois-mâts fantastique, et ils le laissent à quai.

Tu me fais cette révélation sur tes origines : « C'est maman qui m'a fabriqué ! » Mouais. J'aimerais bien que tu saches que j'y suis aussi pour quelque chose, mais ça m'entraînerait dans des développements scabreux, à peine crédibles, d'où il ressortirait que j'ai des idées tordues et que je suis jaloux de ta maman.

Je préfère ronger mon frein encore une dizaine d'années avant que la vérité n'éclate dans toute sa splendeur. Et que ma participation dans le processus de fabrication soit enfin reconnue pour ce qu'elle est : discrète, mais décisive. Ah, mais.

Je ne m'habituerai jamais à ce moment où je rentre à la maison, où tu tournes la tête, les yeux comme des billes : « C'est papa ? » Avant de courir plonger dans mes bras, le visage fendu d'un sourire, comme si j'étais un cadeau de

Noël. On ne peut pas s'habituer à être aussi important pour quelqu'un. On n'a pas le droit.

Un ami en visite à la maison. Je sens que quelque chose le chiffonne. « Il crie beaucoup ton fils, non ? » Je lui réponds simplement (en fait j'improvise la réponse) que nous avons choisi de te laisser tout exprimer. Surtout la colère. Tout ce que tu as crié et pleuré à cet âge, tu n'auras peut-être plus besoin de le sortir plus tard. C'est un pari, ça vaut le coup de le tenter. L'ami hoche la tête, pas convaincu.

Il incarne exactement le père que je pensais être un jour. J'avais aussi ces idées-là sur les limites à poser, l'autorité, l'apprentissage très tôt de l'obéissance. Avec les enfants des autres. Et puis tu es arrivé dans ma vie et tu as donné un grand coup de pied salutaire dans toutes ces constructions de Lego mental.

J'ai découvert l'empathie. Quand tu pleures, tu cries, je ressens ce que tu ressens. Ça bouleverse toutes les données. Je ne suis plus à l'extérieur à poser des barrières, à vouloir contenir tes débordements au nom d'une conception intellectuelle de l'éducation. Je suis à tes côtés. Si tu as peur, moi aussi. C'est pourquoi tes pleurs ne me sont pas insupportables, ce sont un peu les miens.

ATTENTION : moi aussi j'ai mes limites. Il m'arrive plus souvent qu'à mon tour de ne pas supporter tes pleurs, d'être débordé, de laisser aller ma colère sur toi, de vouloir rectifier ton comportement, retordre, mâter. Faire le père.

Cette idée de « limites », qui paraît tellement raisonnable, nécessaire chez l'enfant qui n'a pas de repères, je la comprends et, en même temps, elle me terrifie. Qui me dit que sous couvert d'aider l'enfant à trouver sa limite, on ne lui refourgue pas nos limites à nous, notre perception étroite de la vie, nos tentations ratiboisantes ?

Où finit la limite et où commence la cage ?

DANS LES PREMIÈRES ANNÉES DE TA VIE, je ne fais pas une priorité de la rigueur, de l'obéissance, des limites. Plus tard, tu les découvriras. Dans le monde qui t'attend, il y en a partout.

Non, j'ai envie de te constituer un trésor inestimable, un capital sur lequel tu pourras compter toute ta vie : avant tout, je veux t'apprendre la douceur.

Je suis convaincu qu'un tout jeune enfant qui l'a eue autour de lui cherchera à la retrouver partout, à la reproduire. C'est un bagage intime pour toute une vie. Sa référence immémoriale.

Pareil pour la violence.

Je suis sur le quai du métro, je ressens une détresse à ma gauche. Une mère sur un banc pleure, et ses trois enfants à ses côtés pleurent aussi. Devant eux, un employé de la RATP, raide. Scène insolite. Est-ce un contrôle de billets ? Est-ce un vol dont ils ont été victimes (ou auteurs) ?

Avant toi, peut-être aurais-je passé mon chemin, gêné. Mais là, quelque chose d'irrésistible me cloue sur place. Ces larmes me sont difficiles à vivre. Ça y est, je suis en phase avec cette détresse. C'est malin ! Un lien s'est créé instantanément, que je connais bien pour le tisser quotidiennement avec toi. Une ligne directe d'émotion à émotion. C'est toi qui m'as appris cette disposition d'esprit (de cœur) par une pratique répétée, comme on travaille un muscle.

Jusque-là, peut-être succombais-je à l'engourdissement général, qui est le mode de protection en vigueur dans les grandes villes. Tu as égratigné ce confort. Me voilà donc sur ce quai de métro, désemparé et impuissant. Difficile de prendre ces gens dans mes bras, pour les serrer fort, comme je l'aurais fait avec toi. Difficile de m'attaquer au type de la RATP, je n'ai pas le goût de l'esclandre, ni la fibre du justicier. Alors, quoi ? Qu'ai-je fait de cette nouvelle disposition à l'empathie ?

Rien. Mon métro est arrivé, et mécaniquement je suis monté dedans. Réflexe idiot. La famille est restée sur le quai, tandis que j'étais avalé par le tunnel, au milieu d'une foule compacte indifférente, moi et mon empathie sous le bras, aussi inutile que les autres autour. Bien la peine de faire le malin.

JE SAIS QUE CET ÉPISODE LAMENTABLE peut te choquer, mon fils. Je sais que tu peux avoir honte de ton père, en lisant ça. De sa lâcheté ordinaire. Ne me juge pas trop vite, j'essaie. Je suis en apprentissage. Sois patient avec moi. Ce que tu m'apprends est tellement nouveau, ou plutôt tellement ancien. Ces dispositions essentielles qui ressurgissent de l'oubli, à ton contact, c'est comme réapprendre à marcher après un plâtre. Les muscles sont endormis. Je titube encore.

SUR LA PLAGE DE CARQUEIRANNE, on s'aventure dans les rochers. Une fois franchi le petit cap, la plage disparaît, nous voilà seuls dans un décor dantesque de roches acérées, un chaos quasi volcanique, où la mer s'engouffre avec fracas. Il ne nous en faut pas plus pour nous mettre à fantasmer. Je commence à t'annoncer que nous sommes les seuls humains sur une terre en furie. Tu embrayes assez facilement sur le thème, et nous bâtissons illico un univers fantasmagorique, peuplé de monstres tapis, une aube de l'humanité bruissant de mille dangers, pour deux fragiles rescapés, aux prises avec des éléments qui les dépassent.

Quand arrive un pêcheur en tongs, canne sur l'épaule, et sifflotant. L'intensité dramatique baisse d'un cran. On peut difficilement faire mieux pour briser la magie. Armstrong sur la Lune n'aurait pas été plus déconfit, d'y découvrir une famille de pique-niqueurs.

L'iconoclaste inconscient nous salue au passage, un doigt sur le bob, nous et notre univers en furie de pacotille, bras ballants, comme deux couillons.

UN PEU PLUS TARD, au milieu des rochers : « Non pas par là ! On va se noyer et après on pourra plus jamais vivre ! »

SUR LA PLAGE, ta mère t'a fait rencontrer un type qui t'apprend à faire des ricochets sur les vagues. Tous les jours tu cours vers lui. Je reste seul. Jaloux ? Oui, bon, un peu. Je décide d'aller me balader dans les rochers tant que tu es avec lui (puisque c'est comme ça !).

Mais dès que tu me vois m'éloigner, tes bras s'agitent : « Papa, je viens avec toi ! » Quand tu m'as rejoint, je toise ton professeur de ricochets d'un regard de macho qui a récupéré sa belle.

TU ME MONTRES TES MAINS pleines de galets plats. « P'pa, regarde tous les ricochets que j'ai trouvés ! »

C'EST FOU : je te tiens par la main, ta petite tête blonde m'arrive à peine à la hanche. Ce tableau incroyable, j'ai l'impression de l'avoir rêvé mille fois. Quand j'imaginais avoir un garçon un jour, c'est cette scène que je voyais. Et, normalement, la réalité s'empresse de nous prendre à contre-pied. Ce n'est jamais ce qu'on anticipait. Surtout pas ce cliché parfait : la grande main dans la petite main, la chère tête blonde...

La réalité a oublié de me décevoir. Je file doux, jusqu'à ce qu'elle s'en aperçoive.

C'ÉTAIT DANS UN FILM avec Michel Constantin et Mireille Darc. Enfant, j'avais été frappé par cette scène : Constantin, bourru professionnel, marche avec les sourcils froncés. Un enfant de dix ans qu'on lui a confié marche à ses côtés. Puis le « môme » glisse sa main dans celle de Constantin. À ce moment une petite musique se déclenche en notes légères.

À l'époque, j'avais trouvé incongrue cette musique. Pourquoi à cet instant ? Maintenant, je sais. J'ai la même, chaque fois. La même.

PAS LOIN DE LA MAISON D'ARDÈCHE, on fait ma promenade favorite, jusqu'au moulin en ruine, à côté de la cascade. C'est toujours émouvant. Je me prends à rêver qu'un jour tu reviendras ici, sans moi.

Moi (lyrique) : « Un jour, tu diras à ta fiancée : Quand j'étais petit, je venais ici avec mon père. »

Toi (hochant la tête en bonne secrétaire qui prend note) : D'accord, je lui dirai.

UN TAS DE CHOSES INUTILES auxquelles je consacre un temps fou prennent soudain un sens grâce à toi. Ces albums photos sur lesquels je passe des heures depuis des années, à archiver compulsivement des moments de vie de papier glacé, accablé par cette impression que c'est une maladie mentale doublée d'une invraisemblable perte de temps – mais je ne peux pas m'en empêcher – ça y est, maintenant je sais à quoi ça sert ! C'est pour toi. (Ouf !)

« QUAND ON EST MORT, c'est qu'on a fait tous ses anniversaires ? »

Ce soir, tu as découvert un autre monde : la nuit. Au lieu d'être au lit, tu as dansé avec nous dans la clairière. La nuit, pays fascinant et terrifiant. On y marche au bord de sa peur. Au-delà d'une bulle de lumière, le grand inconnu des ténèbres. L'endroit que l'on vient de quitter devient instantanément hostile, celui qui sort de l'obscurité est maintenant amical.

La nuit est un monde qui a pris la place de l'autre. Tu y danses avec la frénésie de celui qu'on a sorti du sommeil obligatoire pour le mettre au cœur de l'interdit.

Ta devise : ne jamais douter. Tu reviens des sous-bois avec dans ta petite main trois petites mûres, minuscules. « Tiens maman, c'est pour faire des confitures. »

Sarah et toi partez vers les hamacs, avec des gros coussins, dans l'intention transparente d'y faire les fous. Ce qui n'est pas franchement autorisé.

Sarah (mimant donc une soudaine fatigue) : « Hmmm... On va faire la sieste ! »

Antoine (indécrottable naïf) : « Mais pas du tout, on va faire une grosse bagarre ! »

TES CHAUSSONS ABANDONNÉS sur le plancher. Ils m'attendrissent. Je ne peux pas ne pas t'imaginer dedans. Ils te contiennent encore.

Bien après en être sorti, tu es encore dans tes chaussons, comme le silence qui suit Mozart est encore du Mozart.

TU M'APPELLES DEPUIS TA CHAMBRE. Silence de la maison. Tu sors dans le couloir ; cette fois l'appel est un peu plus crispé : « Papa ? » Je suis dehors, je ne te réponds pas tout de suite. Et puis, j'aime bien aussi créer un peu de suspense. Que ma présence ne soit pas une habitude, mais une petite récompense (quel imbécile je fais une fois de plus !).

Je t'entends dévaler les escaliers, des sanglots dans la voix. Je t'entends distinctement prononcer ces mots insensés : « Mon papa est parti, je le reverra plus jamais ! » Mais enfin, j'étais juste en bas. Je t'accueille vite et te console dans mes bras, même pas flatté par cette angoisse excessive de m'avoir perdu, mais plutôt une fois de plus troublé de l'étrange monde parallèle dans lequel tu vis : un endroit sans repos pour la peur, où les papas peuvent se dissoudre dans l'atmosphère à jamais. Où l'on ne retient rien entre les doigts, comme du sable qui fuit, même pas l'amour d'un père.

Toi, le féroce guerrier

TU AS UN GOÛT SÛR pour les catastrophes. Explosions, navires qui coulent, éruptions volcaniques (le volcan, premier au top 50 du cataclysme !). Une belle photo de lave qui brûle un village, tu t'en délectes pendant des heures. Tu ne craches pas non plus sur une bonne petite inondation qui détruit les habitations au bord du fleuve.

Mais, pas fou, tu les aimes à distance. Habiter au pied d'un volcan ne te tente pas trop. Tu es même encore plus prudent : tu m'as expliqué doctement que tu n'aimerais pas non plus habiter à côté d'une piscine, « si jamais elle déborde ».

DANS TA CHAMBRE avec ta cousine Juliette. Tu passes ton temps à détruire, tout faire exploser, et à « tuer beaucoup de morts ». Ta cousine, elle, passe le sien à accourir avec l'ambulance, à soigner, à réparer, sauver ce qui peut l'être. C'est-à-dire pas grand-chose.

DÉTRUIS, EXPLOSE, TUE... À coups de mitraillette, de sabre, d'arbalète. Tout ton saoul. D'autres parents étouffent cette prime violence, préférant l'image d'un garçon paisible. Interdire, c'est malheureusement aussi valoriser. Je préfère que tu vides ton grand sac d'agressivité, maintenant, dans la fiction cathartique de tes guerres en peau de lapin. Plus tard, tu n'en auras peut-être plus besoin. La baudruche virile se sera dégonflée à l'âge des pistolets en plastique.

Au même âge, ton père était l'un des plus féroces guerriers qui soient. Vois ce qu'il est devenu : un pacifiste bêlant, effarouché par le moindre bombement de torse, conspuant à présent ces mêmes couleurs nationales dont il bardait ses chars d'assaut, quand il flaire qu'elles ne servent qu'à dresser les ergots des uns contre les autres.

NOUS AVONS UN AMI POISSON. C'est au marché Dejean, sur le chemin de l'école. Il a la bouche largement ouverte, comme s'il bâillait. D'ailleurs, il nous fait bâiller. Nous le saluons au passage, puis nous envions tous ces poissons encore couchés à huit heures et demie, quoique sur un lit de glace, très peu pour nous.

Parmi tous les souvenirs d'une enfance, celui du chemin rituel de l'école tient une place à part. On est encore ensommeillé, les lumières de la nuit s'éteignent à peine, on est entre chiens et loups. Chaque étape du parcours prend un charme particulier. Le marchand de volailles vivantes de la rue Myrha et son coq qu'on entend chanter derrière le rideau de fer, cette maison qu'on a connue debout et qui maintenant a fait place à un terrain vague, la bouche de métro Château-Rouge grouillant d'une population zombie qui se dirige au radar vers le travail, la colonne Morris du bas de la rue Custine et ses annonces de pièces de théâtre ringardes.

La bouche d'un poisson, puis celle d'un métro, et déjà l'école au bout de la rue, les enfants comme des abeilles à l'entrée d'une ruche... Ce décor sans gloire, patiné par la répétition, restera, j'en suis sûr, aussi vivace dans ton souvenir que les grands événements de ta vie.

JE QUITTE LA SALLE DE CLASSE sur la pointe des pieds. Vous êtes tous en cercle, sur de minuscules bancs, toi et tes potes blancs, jaunes, noirs. La maîtresse est au milieu. Dans le couloir, je perçois encore les derniers échos de la comptine (inusable) qui prétend que maman est en haut, occupée à la confection d'un gâteau, tandis que papa lui, serait soi-disant en bas, fabriquant du chocolat. Sur les murs, des dessins de maisons avec d'énormes soleils. Anecdote sans intérêt, décor banal.

Et pourtant, l'espace d'une demi-seconde, je réalise en quoi c'est exceptionnel (ex-Yougoslavie... Rwanda...). Cette petite comptine ridicule, chantée par quinze gorges enfantines est un miracle quotidien. Une victoire répétée chaque jour contre la barbarie naturelle. Victoire fragile, qu'il ne faudra jamais considérer comme acquise.

À l'échelle de la Terre, cette petite école maternelle est une ambassade de la tolérance et de la fraternité. Mais les loups rôdent autour. Ne pas l'oublier.

— PAPA, la poésie, c'est quand ça finit pareil. « On a gagné, les doigts dans l'nez. On a perdu, les doigts dans l'cul. » C'est ça, la poésie ?

— Moui. Mais bon, tu peux pas trouver autre chose à la place de « cul » ?

— Ah oui, mais, « on a perdu, les doigts dans les fesses », c'est plus de la poésie !

« DES FOIS, on fait ce qu'on veut dans la vie. » J'aime bien comment tu renverses les formules. Car je l'ai trop souvent entendue par la négative, (« Hééééé oui... On fait pas toujours ce qu'on veut dans la vie »), dans la bouche de celui qui justifiait son renoncement. Instinctivement, tu l'as remise dans le bon sens. D'aplomb. Et au passage moi aussi.

À L'APPROCHE DE NOËL, tu énonces quelques demandes exorbitantes à l'endroit du Père Noël, sans l'ombre d'un doute. M'estimant un peu concerné par l'affaire, je tente de t'expliquer que c'est peut-être beaucoup, tu n'auras peut-être pas tout ce que tu as commandé, le Père Noël a des limites.

Tu me regardes avec amusement, un peu interloqué de mon intrusion, l'air de dire : « De quoi je me mêle ? C'est une affaire entre le Père Noël et moi. Je connais bien le gaillard, il va gérer tout ça, pas de souci, père. Est-ce que je m'inquiète pour ton salaire, moi ? »

Pour Noël, tu voulais un talkie-walkie. Évidemment, tu l'as eu. J'imagine que c'est en rapport avec ton imagination guerrière. C'est le mode de liaison entre les troupes d'assaut. Tu veux l'essayer de suite. Tu files deux étages plus haut. Je m'apprête donc à fourbir l'un de ces dialogues saignants ainsi que le ferait un capitaine à son lieutenant, en direct du front, face aux rascals d'en face.

C'est toi qui parles en premier. J'entends ta petite voix qui grésille dans la boîte en plastique, comme si j'étais au front. Ça marche.

— Papa ?

— Oui ?

— Je t'aime.

Une fois de plus, tu me prends de court. Si je m'attendais à ça de la part d'un lieutenant pour son capitaine. Comment fais-tu pour chaque fois trouver la faille dans ma ligne Maginot ?

MANIFESTEMENT, tu es déçu par tes cadeaux d'anniversaire. Il est vrai que ton anniversaire, c'est quinze jours après Noël. Peut-être qu'on a moins d'imagination (et moins d'argent) deux semaines plus tard. Ça renforce ta conviction : le Père Noël est bien meilleur en cadeaux. Normal, penses-tu, c'est un professionnel.

Ce Père Noël qui a droit à tous tes égards, tout ton respect, ça peut finir par m'agacer. Ce gars qui débarque la gueule enfarinée une fois l'an, qu'on ne voit même pas... Forcément, tu peux même pas savoir qu'il a probablement aussi des défauts, peut-être même un caractère de cochon. Non, la seule chose que tu saches de lui, c'est qu'il circule dans le ciel avec quatre rennes volants (frimeur) et surtout qu'il te fait plein de cadeaux. En plus, il te connaît vachement bien, c'est toujours pile ce dont tu avais envie. Bien sûr, côté image de marque, c'est très payant.

Quand les parents, qui circulent sur le sol, bêtement, avec leurs pieds, se pointent quinze jours plus tard, à court d'idées (l'autre a tout raflé) et désargenté (pareil), c'est parfois le bide. Tu ne leur en veux pas, mais je sens un brin de commisération. « C'est gentil tous ces efforts, mais vous ne serez jamais à la hauteur de l'autre, le pro. » Dans ces cas-là, je suis à deux doigts de te sortir les factures.

La dernière fois, je n'ai pas pu m'empêcher de te poser cette question, perfide : « Tu aimerais avoir le Père Noël comme papa ? » « Oh oui ! » La réponse a fusé, des étoiles dans les yeux. Un jour, tu sauras que c'est déjà le cas. J'attends des excuses, et les mêmes étoiles dans les yeux.

C'EST LE MATIN, on est en retard pour partir à l'école, et toi tu ne veux pas mettre tes chaussures rouges. Absolument pas. Ça m'énerve, on les a payées cher, elles sont neuves, je VEUX que tu les mettes, point. C'est à ce moment que tu proclames vouloir « changer de papa ». Quoi ? ! (Quelle injustice !) Tu veux bien répéter ? Généralement, tu te rends compte à ce moment de l'énormité de ta demande. Mais là non, tu confirmes. Je suis vexé comme un pou d'avoir été licencié pour cause de couleur de chaussures.

Nous partons à l'école, avec des chaussures noires. Moi, vaincu mais boudant. Toi, triste comme les pierres de cette fâcherie matinale. Je ne t'adresse pas la parole de tout le trajet. Je projette malgré tout une petite réconciliation dans la classe, avant de nous quitter. Je ne suis pas un monstre. Mais voilà, nous sommes trop en retard, la directrice nous gronde et t'arrache de ma main, pour t'emmener en classe elle-même, tandis que la lourde porte se referme sur moi.

Stupeur. Solitude abyssale sur le trottoir. Tristesse insondable d'une journée qui commence sur cette béance entre nous. Je ne vais pas pouvoir. À qui pourrais-je dire maintenant : « Excuse-moi, je suis un idiot, oublions ces chaussures, et viens dans mes bras ? » Au marchand de journaux ? À la boulangère ? Je n'essaie même pas.

Il y a bien une solution : inventer un prétexte fumeux et venir à la récré de dix heures reparler de tout ça avec toi. Mais dix heures, c'est tellement loin !

TOUTE CETTE SENSIBLERIE peut sembler cul-cul la praline à un non-parent. Je le sais, j'ai été moi-même non-parent, me gaussant de ce sentimentalisme excessif entre père, mère et rejetons. Les enfants des autres m'apparaissaient plutôt banals, assez stéréotypés dans leur comportement. Et souvent braillards. Je les observais, tels des corps étrangers, évitant de stationner trop longtemps dans leur périmètre.

Et puis tu as créé ce lien inouï entre nous, que je ne pouvais soupçonner, comme un aveugle de naissance ignore les couleurs. Ce lien au-delà de toi, d'ailleurs. Puisque je reconsidère ma position vis-à-vis des enfants des autres : ils m'attendrissent maintenant à tous les âges, je comprends maintenant leur langue maternelle. Et probablement un lien plus global, avec une certaine forme de vie solidaire à laquelle tu m'as reconnecté, toc, quasi harponné.

J'étale donc ici sans complexes cette néo-sensiblerie, risible aux yeux du non-parent. Sans véritable courage car, à ce stade du livre, il n'y a déjà plus aucun non-parent à l'appel (si tant est qu'il y en ait jamais eu). Nous sommes entre gâteux. On peut se lâcher. On se comprend. Nous les ressuscités, à jamais éblouis par le regard d'amour d'un enfant, et qui ne serons jamais plus les mêmes.

Cinq ans

« Je préfère tout ! »

Il a neigé ! On galope comme des malades jusqu'à la piste de luge. Tu te révèles être un champion de descente hors pair. Négociant les virages avec panache, et surtout ne redoutant pas la prise de vitesse. Je choisis pour toi des pistes de plus en plus dures. Tu m'épates chaque fois !

Il faut absolument que ta mère voie ça. Je cours la chercher. En chemin, je lui raconte tes exploits, tes descentes de bolide, mais je sens que ses conclusions diffèrent sensiblement des miennes : « Mais c'est dangereux ! » (Il faut que tu saches à quel point tu es pour ta mère ce qu'il y a de plus précieux. Et comme elle tremble souvent pour toi.)

À la première exhibition, tu rates le virage et te vautres comme une bouse. Allez, pleure maintenant, la démonstration sera complète. Ta mère me foudroie. Elle est venue avec toutes ses peurs, et évidemment elles ont pesé sur tes épaules. Ta mère a toutes les qualités : mais pas celle d'encourager l'audace.

Blériot, avec sa mère sur la piste de décollage, n'aurait jamais traversé l'Atlantique. (« Pas si haut, mon fils ! Mets bien ton cache-nez ! »)

TA PREMIÈRE LEÇON DE SKI DE PISTE. C'est ta mère qui s'y colle, avec toute la patience du monde. Cinquième chute, skis croisés, résultat d'un « chasse-neige » approximatif. Tu hurles de rage, plus que de douleur. Sentiment d'impuissance face aux éléments, et de peur de me décevoir. Je suis consterné. Pas par toi, fils, oh non. Simplement, je me revois, à mes débuts à ski, trépignant de la même rage, et insultant la terre entière. Sauf que moi, j'avais vingt-cinq ans.

PENDANT QUE TU FAIS TES PREMIERS ESSAIS, on en profite pour prendre le téléski et se payer quelques descentes dans la montagne. Quand on passe te revoir au bas des pistes, tu m'annonces, que ça y est, c'est bon, tu sais skier. Que tu viens avec nous là-haut.

Ah ! Je te retrouve !

À QUELQU'UN QUI TE DEMANDE TON ÂGE, tu tends fièrement ta main. C'est ce que tu fais, depuis que tu as cinq ans. Tu montres tes cinq doigts écartés. Sauf que là, on est à la montagne, et que tu as des moufles.

« Je préfère tout ! »

— Tu as froid, Antoine ?
— Non, ça va...
— Tu n'as pas chaud non plus ?
— Non, non. J'ai tiède.

« On va voir si Morgane est là ? » Bon d'accord. Morgane habite au rez-de-chaussée. Tu aimes bien jouer avec elle, notamment parce que c'est une grande, trois ou quatre ans de plus. Le problème, c'est que des fois elle veut bien, des fois non, on peut jamais savoir (c'est une fille, je t'expliquerai). Donc devant la porte de chez Morgane, j'ai une légère appréhension. Toi, non, tu ne doutes de rien.

Elle ouvre. Reconnaît Antoine et son sourire béat. Et immédiatement fait une moue de désintérêt teintée d'agacement, avant de disparaître, de nous laisser sur le seuil. Dans son bref regard, j'ai lu : « Encore ce pot de colle ! » (même en V.O. je sais lire le « fille » dans le texte). Toi, tu me regardes, interrogateur, l'air de dire « Alors elle fait quoi ? Elle revient ? » (Je lis très bien le petit garçon aussi.)

Et ce tragique fossé qui s'ouvre entre deux mondes, deux planètes (Vénus et Mars), je ne le connais que trop. Mon cœur s'entrouvre aussi. Le regard au couperet de cette petite garce, je l'ai pris de plein fouet. Dans l'instant, j'ai été comme toi le pot de colle congédié, pour l'avoir si souvent été dans le passé. Mais toi, poitrine offerte à la féminine baïonnette, tu n'as pas encore compris la blessure. Le puzzle de la brutale réalité ne s'est pas encore mis en place. Tu vois encore la Morgane gentille de la dernière fois. La nouvelle image ne se superpose pas encore, avec son effet glaçant. Tu vis encore dans le monde de l'intangible.

Quand la porte se referme sur nous, sur notre commune candeur désenchantée, j'essaie d'amortir le choc. Mais je sais que je ne le pourrai pas toujours. Il te faudra bien un jour affronter les deux faces de Janus, et leur réversibilité déconcertante, dont les filles sont les expertes. Je dis juste : « Je crois qu'elle a autre chose à faire. » Tu hausses les épaules. Mais je sens que quelque chose a commencé à se fendiller, infime, et qui ne s'arrêtera qu'au cœur de tes certitudes.

TU LIS *Tintin*, allongé sur le ventre, la main sous le menton. Me voici soudain aspiré dans le temps. Je me revois, même position, même album. Quarante ans plus tôt. Se peut-il que l'Histoire repasse en boucle les mêmes cycles, rejoue les mêmes séquences, affranchie de tout contexte d'évolution technologique, patinant ainsi dans la semoule spatio-temporelle ?

Enfant moi-même, si l'on m'avait parlé de mon fils du futur, je l'eus imaginé flottant dans un cyberespace, des électrodes sur le crâne. Pas lisant *Les Cigares du pharaon* sur un sommier à ressorts !

ON SORT DU CINÉMA. On vient de voir *Taxi 3*. Bon, il y a longtemps que j'ai renoncé à tout critère cinéphile ou esthétique, en ta compagnie. Tu avais envie de voir de bonnes grosses poursuites en voiture à deux cents à l'heure, avec des dérapages vertigineux. Tu les as eues. Point. Deux heures ultra-speed, ou, comme tu dis, « à fond la tête ! ».

On rentre à la maison tous les deux sur mon vélo. Au bout de cinq minutes : « Papa ! Tu peux pas rouler plus vite ? »

À LA PISCINE, tu as franchi un palier important. Voici que maintenant tu mets la tête sous l'eau. Un monde nouveau s'ouvre à toi. Celui en dessous de la surface des choses. Tu en ressors avec le sentiment d'être plus grand. C'est un cap essentiel dans ton existence.

Désormais, tu t'y réfères comme notre civilisation se sert de la naissance du Christ pour dater les événements. Quand on parle de quelque chose du passé, tu réfléchis gravement : « Alors ça, c'était avant ou après que je mette la tête sous l'eau ? »

Dans le couloir qui mène aux vestiaires de la piscine, je fais un peu de provocation : « Et si on allait dans le vestiaire des filles, pour une fois ? » Ta réponse, sans ambiguïté : « Tu blagues ? ! » Aucune indignation morale, non, juste l'expression d'un sentiment d'incongruité. L'air de dire, que, alors là, franchement, tu vois vraiment pas pourquoi ! !

Eh bien moi, je vois pourquoi : c'est un bon moyen de voir les filles nues, leurs seins, leurs fesses, leurs kikis. Je n'évoque même pas cette idée, car là on serait au-delà de l'incongru. Rien de tout ce fatras organique n'a la moindre parcelle d'intérêt à tes yeux. Je ne plaide pas plus avant cette cause, et nous gagnons les vestiaires attribués à notre sexe.

Et je décide d'attendre patiemment le moment où sur ce terrain-là aussi, nous aurons de belles complicités.

— Toi aussi, tu allais à la piscine avec ton papa quand tu étais petit ?

— Non, parce que j'avais plus de papa.

— Ah oui...

— Et tu sais, y a pas beaucoup d'activités qu'on peut faire avec un papa mort...

— (Intense réflexion de ta part)... Même rien du tout !

Bientôt, il y aura un voyage avec le club de roller. Une sortie à Dieppe. Tous les enfants feront du roller sur la digue. Je propose de t'inscrire.

Tu hésites. Consultes le prospectus. Longuement. Le verdict tombe. « Non, pas sans mes parents. »

Je m'aperçois d'une chose : quand tu lâches ces mots, je ressens un grand soulagement. Il n'est donc pas encore venu le temps où tu pourras faire des choses sans moi. Car je pressens qu'un jour, tu pourras les faire sans moi. Puis un autre où tu m'interdiras de les faire avec toi. Parce que je serai trop vieux. Ou trop mort.

Il y a tout dans tes dessins. Tes peurs, tes joies, ton amour... Un volcan, des explosions, une maison avec un gros soleil, ton père et ta mère avec un énorme cœur entre les deux, et ta signature en grosses lettres. Tu dessines comme tu ressens les choses, sans intermédiaire. Direct, du ressenti à la main. Voir tes dessins, c'est soulever le capot de ton cœur, effectivement immense.

Et puis je me dis qu'un jour tu vas arrêter de dessiner. Qu'il faudra trouver une autre façon de lire en toi. Pour l'instant je profite du capot, ouvert en grand. Et de tout ce qui bouillonne dessous, et m'éclabousse tendrement.

À FORCE DE RÊVER LA NUIT, puis de te réveiller face à la réalité, te voici devenu prudent. Tu me donnes ce conseil avisé : « Dans la vie, il faut toujours regarder si c'est pas un rêve. »

TU VIENS ENCORE ME RÉVEILLER en pleine nuit. Cette fois, je craque. Dans les brumes d'un sommeil contrarié, je te dis à quel point j'en ai marre, avec une violence dans la voix qui te fait fondre en larmes. Tu me dis, les yeux ronds d'incompréhension : « Papa... C'est pasque je suis un enfant. »

Le lendemain, ayant récupéré un peu de clairvoyance, cette simple évidence m'apparaît aussi. Encore une fois, le plus lucide de nous deux n'est pas le plus grand.

QUAND JE VOIS À QUEL POINT nos enfances nous constituent... À quel point ses traces nous imprègnent jusque dans nos comportements intimes d'adultes... Et quand je vois comment je peux influer sur la tienne, en faire un socle solide ou un appui fragile, déstabilisant, à la faveur d'une erreur même anodine, je frémis. Je sens sur mes épaules la lourde responsabilité de ta vie future.

Dans notre vie présente, j'essaie de ne pas trop y penser. Mais j'essaie de ne pas trop l'oublier non plus.

NOUS MARCHONS MAIN DANS LA MAIN d'un pas vif sur le quai de la gare, à la recherche de la voiture numéro douze. Il doit nous rester peu de temps avant le départ du train. J'observe comment mes gestes saccadés, mon front plissé créent une angoisse chez toi. Je te communique mon stress, il passe de la main à la main. Je sens tes doigts qui se crispent, et tu trottines mécaniquement en me jetant des regards inquiets.

Tu ne sais pas lire l'heure, ni trouver les chiffres sur les voitures, tu n'as aucun moyen de savoir si c'est le bon quai, le bon train, la bonne gare, le bon jour, le bon papa... Je suis ton seul repère. Et quand la boussole paternelle semble s'affoler, c'est tout un ordonnancement bienheureux qui s'effondre.

C'est pourquoi désormais, quand bien même serions-nous effroyablement en retard, billets non compostés, coincés sur le mauvais quai, j'arbore un sourire dégagé, la sérénité du fumeur de pipe, voire je sifflote.

BON SANG ! J'ai oublié que ce matin, il y a sortie en car. Les enfants doivent emporter leur casse-croûte. Et nous voici les mains vides à la porte de l'école. Tu me dis « tant pis ! » et tu files rejoindre le groupe, plutôt avoir faim que manquer la sortie.

Il ne sera pas dit ! Je file à la boulangerie d'en face, devance deux personnes et demande « un sandwich au jambon ! » sur le ton de « ceci est un hold-up ! ». Le boulanger me précise en souriant que les sandwiches ne sont pas prêts, revenez dans une heure. D'une voix sourde et contenue, qui laissait deviner le canon du revolver dans ma poche intérieure, je lui explique la gravité de la situation, l'autocar, le ventre vide de mon fils, les reproches de la maîtresse, les moqueries des copains et tout le toutim. Silence de mort dans la boutique. L'homme en tablier blanc hoche la tête, et va voir s'il peut faire quelque chose.

Au moment de monter dans le bus, tu me vois fendre la foule, brandissant un sandwich au jambon. Avec des cornichons. Et un pain aux raisins comme dessert. Tes yeux s'arrondissent comme des billes.

Marchant vers la maison, à un mètre du sol, je me sens comme un sauveteur qui vient de ramener sur la plage un nageur en péril.

LES TITRES DE TES DEUX PREMIERS LIVRES, fabriqués avec du papier et du scotch : *Le Cowboy cherchant* et *L'Araignée brutale*. Bien plus tard, le troisième s'intitulera : *La Nature définitive*. Moi qui ai un mal fou à trouver des titres, je m'incline une fois de plus devant tes fulgurances.

TON SOUCI QUOTIDIEN : faire de chaque instant un moment d'intensité. Pas de demi-mesure. Dieu vomit les tièdes. À fond ou pas du tout. Dans le jeu, dans les sentiments... Tu vises le paroxysme. Tu ne connais que la touche « play », éventuellement « forward ».

Pour nous qui fonctionnons le plus souvent en mode « veille », c'est épuisant. Mais tu nous maintiens debout. À tripoter notre bouton « on/off » et rallumer sans cesse la petite ampoule rouge du témoin lumineux. Voilà un titre qui te va à merveille : *Le Témoin lumineux*.

DANS LA MAISON DE MA MÈRE. Ma chambre d'enfant. Tu observes, fasciné, la petite rainure au bas du carreau, avec un petit trou destiné à évacuer la buée. Moi aussi, en mon temps, je l'ai observée des heures. Étonnant comme les enfants vont directement vers le sujet d'intérêt qui n'en revêt aucun pour les grands.

Car qui, en dehors de toi et moi, a remarqué cette simple petite rigole où glissent une à une les gouttes sur le carreau ? Qui a suivi leur lent cheminement sur la vitre embuée, a vu grossir la goutte ronde qui les contient toutes, ensuite engloutie dès qu'elle atteint le bord du trou ? Et qui s'est posé la question de leur avenir, au-delà du trou, si ce n'est nous ? ! Heureusement qu'on est là.

TOUJOURS CET ÉTRANGE MALAISE de te voir dans la maison de mon enfance. Ma mère qui te recoiffe d'un coup de peigne, ce même peigne redresseur de mèche rebelle que j'ai connu. Cette maison trop bien rangée, chaque pièce comme une coupe de cheveux au carré. Un monde tracé au cordeau où j'ai passé une partie de ma vie.

Quand ma mère te recoiffe, je ne sais pas comment lui dire que je te préfère les cheveux en bataille. Et ta vie pareille.

« Je préfère tout ! »

Tu connais cette espèce de demi-attention floue que les adultes accordent aux enfants ? Ils t'écoutent quand tu leur racontes tes anecdotes d'école, ou tes observations en ponctuant d'un « Ah bon ? » machinal, et vaquent à leurs activités. Oui, tu connais. Et je pense que ça t'énerve comme ça m'énervait. Petit, j'avais ce sentiment que rien d'important ne pouvait sortir de ma bouche, que ça ne méritait qu'une moitié d'oreille distraite de leur part. Et puis cette façon de répondre à côté qui les trahissait...

Au nom de ce mauvais souvenir, j'essaie toujours d'être vraiment à l'écoute de tes récits, que tu ressentes ma présence pleine et entière (de toute façon, tu repérerais intuitivement le moindre faux-semblant de ma part).

Je pense que des petits qu'on n'écoute pas font des grands qui parlent peu. Ou alors trop fort.

Quelqu'un me dit à propos de toi : « Il ne faut pas être trop gentil avec lui. Il faut le préparer à l'extérieur. » Il faudrait en quelque sorte t'aider, en étant un peu méchant, à fabriquer des anticorps pour affronter la violence du monde. Je crois juste l'inverse. Outre que je ne vois pas comment je pourrais me forcer à être « un peu méchant », il me semble au contraire qu'il faut te charger d'amour, comme un régime survitaminé.

Que toi et tes petits collègues humains chanceux ainsi gonflés de tout l'amour possible soient justement des anticorps contre cette violence du monde, qui n'a pas d'autre faille.

BIEN SÛR, je les entends les ricaneurs : « Les enfants aussi sont méchants. Il n'y a qu'à voir les cours de récréation ! » C'est une bien triste pensée de croire à la méchanceté naturelle des enfants. Pour progresser, un enfant fonctionne à l'imitation. Je prétends que la méchanceté, c'est aussi de l'imitation.

Et même si j'ai tort, les enfants, par définition, devraient être les premiers à bénéficier de la présomption d'innocence.

ÇA M'A ÉTONNÉ que tu veuilles m'accompagner au football. Je t'ai bien prévenu. Tu nous regardes seulement, hein ? Et ça peut durer longtemps. « Ouais ouais. Y a des tribunes ? » Oui, c'est vrai, il y a quelques gradins. C'est dans une salle de sport. Bon allons-y. Chemin faisant, je comprends l'idée que tu te fais de mes matchs du mardi soir. Pour toi le mot « match de football » t'évoque la pelouse verte resplendissante des terrains à la télé, et les vingt-deux joueurs dans leurs maillots éclatants. Les commentateurs, mais aussi la masse compacte du public, agitant les banderoles.

Et moi je n'ai à t'offrir que le gymnase pourri de la porte de la Chapelle, où nous jouons à quatre contre cinq sur un mauvais revêtement. Les vestiaires sont dignes de Sarajevo pendant la guerre, les joueurs ont des maillots dépareillés. Quant au public, il est réduit à une personne : toi. Toi, perdu au milieu de ces gradins en ciment.

Tout en jouant, je jette un œil vers le public. Je perçois sa déception. Un public qui découvre que son père n'est pas un dieu du football, que nul commentateur ne prononce son nom avec ferveur, et qu'il est possible même que tout ça ne soit pas télévisé.

Comble de tout, je marque un but d'entrée, que le public ne voit même pas, absorbé par la recherche du sandwich au pâté dans le sac. Ensuite, je sombre dans le match, multipliant les maladresses (inhabituelles). Avant de voir mon fils applaudir à tout rompre un but... de mes adversaires (sic).

Un match à oublier très vite, comme on dit dans les colonnes de *L'Équipe* (qui n'est pas venue non plus).

TU SAIS D'INSTINCT DÉCELER s'il reste encore un peu d'enfant chez un adulte. Avec bien des grandes personnes qui défilent à la maison, tu es juste poli. Tu ne les fais pas toutes exister. Souvent tu oublies ou mélanges les prénoms. Mais il y en a un, tu l'as repéré : Albéric. C'est un vieil ami. J'ai toujours soupçonné en lui le grand enfant. Ton détecteur personnel me l'a confirmé.

Albéric est une espèce de pois sauteur du Mexique, toujours partant pour tout, traversé de mille enthousiasmes, tous de la même intensité. Albéric ne connaît ni la nuance, ni la mesure. À mort les temps morts ! Un programme de vie auquel tu adhères à 100 %.

La première fois qu'il est venu dans ta maison d'Ardèche, il fallait qu'il plonge dans tout ce qui est liquide en milieu naturel. Trous d'eau, rivières minuscules, cascades, et même notre petite mare alimentée par une eau de montagne à 10 °C.

Ensuite, quand tu nous parlais de lui, tu disais à la manière des totems indiens : « Celui qui plonge dans tout. »

ENFANT, je pense que j'avais moi aussi ce don (tous les enfants l'ont !). Aller chercher à l'intérieur du grand le petit rescapé. Lui dire : je t'ai vu, collègue ! Arrête de jouer l'adulte, tu t'ennuies, viens on va faire les idiots dehors.

Le plus souvent, malheureusement, je ne rencontrais que des enfants morts. Des cadavres d'enfance dans des corps contraints d'adulte. Plus rien ne bougeait là-dedans, plus cette petite étincelle. La plupart des gens qui m'entouraient avaient renoncé, enfants défroqués. En endossant les hardes de l'adulte, le front ridé et le masque cireux livré avec, ils avaient oublié la fantaisie.

Je n'avais rien à espérer d'eux. Ils déboutonnaient le premier bouton de leur pantalon après le copieux repas du dimanche, qui durait cent ans. Ils se proposaient entre eux d'immondes cigares, et jamais d'aller construire une cabane dans les arbres. Les femmes alors entamaient de longues vaisselles, égayées (sic !) par le récit d'une récente ablation d'ovaires (? ?). Tout suintait l'ennui et la convention.

Et puis il y avait l'oncle Francis, son sourire en coin, ses yeux plissés malicieux. Chouette ! Un survivant ! Je suis sûr que tous les enfants ont eu un oncle Francis. Un sauveur de dimanches après-midi. Il me prenait sur ses genoux et me racontait d'abracadabrantes histoires auxquelles il ne faisait même pas mine de croire. Son vieux thème, c'était les fantômes dans le grenier là-haut. Moi j'y croyais aux fantômes, sauf qu'ils étaient pas au grenier, mais autour de nous, là tout de suite, et qu'on était seuls parmi les morts vivants.

QUAND J'AI FINI DE TRAVAILLER et que tu me demandes de venir jouer enfin, je proclame : « Tu as raison, fini de rire ! Passons aux choses sérieuses ! » Une forme de dérision que tu ne perçois absolument pas, puisque pour toi, jouer est l'activité la plus sensée au monde.

NOUS DEUX, des fois, je pense que c'est pour toujours. Et puis à d'autres moments, j'ai des accès de lucidité : je me dis qu'il est possible que tu grandisses, et que rien ne soit plus comme avant. Nos aventures père-fils auraient donc une fin ?

En tout cas, mathématiquement, ça semble imparable. Quand tu auras quarante-cinq ans, j'en aurai quatre-vingt-cinq. Il y a fort à parier qu'à quatre-vingt-cinq ans je ne pousserai pas mon fils dans le caddy du supermarché, filant sur le parking en évitant les poteaux à la dernière seconde. Je ne t'emmènerai pas non plus sur mon vélo voir des films avec des explosions. Il n'est même pas sûr que tu viennes encore te glisser dans le lit le dimanche matin, entre ta vieille mère et ton vieux père (quelle vision déprimante !).

L'inverse me paraît encore plus tragique : moi dans le caddy au milieu des légumes, ou sur ton porte-bagages, la calvitie au vent. Ou pire, moi dans le lit entre ta femme et toi. J'arrête, c'est un cauchemar. Rien de cet avenir ne me tente.

Alors je retourne au présent avec toi, le présent, ces petits bouts d'éternité, le seul endroit qui vaille, et je pousse le caddy à fond en tâchant d'éviter les poteaux et les spéculations oiseuses.

VOILÀ BIEN UN PIÈGE D'ADULTE : l'obligation de choisir. Toi, la première fois où je t'ai demandé si tu préférais ça ou ça, tu m'as dit « les deux ». Depuis, je te pose régulièrement la question idiote de la préférence (entre des jeux, des films, des bonbons, tes parents) pour le plaisir de voir comment tu restes fidèle à ta liberté de ne pas choisir, d'englober toutes les solutions dans un grand sac de possibles. Chaque fois c'est une évidence : « Je préfère tout. »

Si j'avais eu ta sagesse, de combien de situations inextricables je me serais sorti avec l'élégance de celui qui survole, au lieu de se laisser clouer au sol.

TRÈS SÉRIEUSEMENT, et avec une infinie bienveillance, tu m'as donné ce conseil : « Ça serait bien que tu ries des fois. » Quelle gifle ! Ce débutant de cinq printemps a déjà percé à jour le nœud initial qui est le mien, celui qui m'empêche de me « laisser aller ». Ce frein à main intérieur. Débusqué !

C'est vrai que je ne ris jamais. Je ricane intérieurement. Hinhinhin, éventuellement. Mais point de HAHAHA ! à gorge déployée. Évidemment, toi qui es un adepte de la grosse rigolade, ce handicap paternel t'a tout de suite frappé.

D'où me vient cette posture marmoréenne, même devant un film hilarant ? Elle me renvoie au verrouillage émotionnel, qui semble avoir été une tradition familiale et dont j'ai bien sûr hérité. Ce verrou, tu as bien contribué à le faire sauter, on l'a vu. Mais on dirait que côté rire, ça grippe encore un peu.

Je ne désespère pas que, grâce à tes cours du soir de poilade appliquée, mes très cérébraux hinhinhins ne s'ouvrent un jour sur un HAHAHA ! dépoitraillé.

TU M'ANNONCES avec aplomb qu'on dit de la station Barbès que c'est « un métro algérien ». Aïe. Quelqu'un t'aurait mis dans la tête ces préjugés racistes sur l'invasion de la France par les étrangers. Il est vrai que la station Barbès connaît une fréquentation fortement maghrébine. Bon et alors ?

Je m'apprête donc à t'asséner une longue tirade à vocation humaniste, sur le thème de la fraternité entre les peuples, quand soudain je comprends : à la station Barbès, le métro sort de terre. Et ton fameux « métro algérien » est en fait un métro aérien. C'est malin.

C'est les vacances. Au lac, tu tentes de te faire des amis. Il n'y a qu'un garçon, et il a l'air bien plus grand que toi. Ça ne t'effraie pas, tu vas vers lui, tout nu (on a oublié de prendre ton maillot de bain) et avec ton camion rouge en plastique. Déjà je sens que c'est mal engagé.

Poliment, il te demande dans quelle classe tu es à l'école. Tu réponds « les moyens » (en glissant sur « maternelle »). Lui, il est en CE2. La hiérarchie est posée, et elle n'est pas à ton avantage. Qu'importe, ton enthousiasme est sans frein. « On va se baigner ? » tu lui demandes. « J'ai pas de maillot », il te dit. « Eh ben, tu fais comme moi ! Tout nu... » Regard consterné du garçon.

Plus encore que la classe maternelle, ta conception de la nudité sans fard lève une barrière entre lui et toi. Celle qui sépare les bébés des autres. Ton petit bout de zizi au vent te confine encore du mauvais côté. Tu reviens vers moi, haussant les épaules et camion rouge sous le bras, vaguement conscient d'avoir encore quelques échelons à gravir dans l'organigramme de la vie.

Au lac, voici qu'arrive une camionnette de gendarme, bleu marine, avec gyrophare. Alors ça, ça te fait bien rigoler. « Ils viennent pour se baigner ! » (Rire redoublé.) Car pour toi, la police qui se baigne, c'est tout à fait surréaliste. Il y a totale et définitive antinomie entre l'ordre et la répression qu'elle incarne, et l'activité qui consiste à faire le fou dans l'eau en s'aspergeant mutuellement. Deux gendarmes à moustaches dans l'eau, les mains à la ceinture, et les sourcils froncés, c'est de la BD. Pas de la vraie vie. Pourquoi pas des militaires en pédalo ? !

Moi qui ne glisserais pour rien au monde le moindre doigt de pied dans l'eau glaciale du lac, je dois te dire que je trouve particulièrement agaçante cette façon que tu as de m'inviter à t'y rejoindre, au moyen de cette stupide phrase universelle : « Allez, viens ! Elle est bouillante ! »

Une tractopelle creusait une tranchée pour une canalisation, entre la petite rivière et notre maison d'Ardèche. J'ai eu l'idée géniale de lui faire creuser aussi un large trou sur le trajet de la rivière, une piscine naturelle. Avec quelques amis, nous avons installé des planches (comme à Deauville mais en plus modeste), et un petit pont de quarante centimètres pour y accéder (comme à Tancarville mais en plus raisonnable).

Je baptisais le tout – mare de dix mètres sur deux, ponton et plage d'épines de pin compris – « complexe lacustre ». Et demandais à nos hôtes, ainsi qu'à toi-même de n'utiliser que ces termes pour désigner notre nouveau lieu de villégiature. Appellation, je le concède, un peu surdimensionnée, mais quelquefois, quand l'ampleur fait défaut, ce sont les mots qui suppléent.

Tu as donc pris l'habitude, sur le ton le plus naturel du monde, de convier nos amis de passage au « complexe lacustre ». Ce qui ne manque jamais de provoquer leur double étonnement : d'abord un enfant de cinq ans maniant le vocabulaire de façon aussi précieuse, ensuite un lac doté d'une infrastructure touristique ici, à deux pas, derrière les arbres ?

Jusqu'à ce que le pétard sémantique n'explose dans toute sa dérision, pour le plus grand plaisir de son promoteur.

C'EST LA FÊTE AU VILLAGE. La fête est un concept qui a tout pour te plaire : il implique la notion d'absence de limites (horaires ou morales), il inclut le principe de déchaînement physique, et autorise l'hypothèse d'une bonne grosse partie de rire. Donc, c'est OK pour la fête au village, tu parles !

Bien sûr, une fois de plus, déception. La fête au village c'est quatre gugusses produisant des sonorités fortes (Roger et son orchestre, bals et mariages) et, sur un parquet de bois, une assemblée moyennement gesticulante de personnages endimanchés, les femmes ayant opté pour la même robe à fleurs et le même chignon coloré, tandis que les hommes dissimulent leur condition pourtant honorable de cultivateur bourru sous un costume amidonné. Tout ça est un peu mou du genou.

Voici maintenant une valse. Tu manques d'être bousculé par une toupie humaine composée de deux femmes tourbillonnant à travers la salle. La valse n'est pas sans t'évoquer les autos tamponneuses en moins rigolo.

Mais le paroxysme de l'incongruité en matière festive est à venir : le Madison. Les danseurs se répartissent l'espace, en carrés rigoureusement égaux. Et au son d'une musique lancinante, ils se dandinent sur un côté de leur carré, avant d'attaquer tous ensemble le second côté, au même moment, dans la même et mécanique volte-face.

Et ainsi de suite jusqu'à ce que la circonférence du carré soit bouclée de leurs petits pas chiches.

Tu écarquilles les yeux à cette vision surréaliste d'une salle immense quadrillée de poupées musicales dans des bouteilles invisibles. Chacune, concentrée sur son mouvement et swinguant dans son costume de béton armé.

Si c'est ça pour eux un jour de fête, c'est quoi un jour de boulot ?

DEVANT LA MAISON, on a gonflé une petite piscine. Quand il ne fait pas beau, elle ne sert pas. Je te propose alors un autre genre d'utilisation : tu construis des bateaux en Lego, et on les bombarde avec des boules de pétanque. Tu siffles d'admiration ! la suuuper idée ! Bombarder, casser, faire exploser, et en plus sur l'eau ! Grand spectacle ! Avant d'aller ventre à terre construire quelques destroyers à détruire, tu me jettes un regard de gratitude qui veut dire : « Wahou ! Ça c'est un papa qui me connaît bien ! »

Pour relativiser mon mérite, je dirais que le plaisir de détruire est une donnée assez basique chez toi que même une pacifiste comme ta mère a vite repérée (sans l'encourager). Et qu'au surplus, « dézinguer », comme tu dis, des bateaux sur l'eau à coups de boules de pétanque est un passe-temps que j'aurais personnellement adoré, si on me l'avait proposé. J'ai le sentiment d'avoir toujours été un grand dézingueur devant l'Éternel. C'est ton tour. Balance une boule ! On ne peut pas lutter contre la génétique.

En enfilant ton casque et ton gilet de sauvetage, tu te vois déjà dans le kayak, sur la Drôme, glissant au fil de l'eau, sourire jusqu'aux oreilles, de réunir tout ce que tu aimes : l'eau, le bateau, l'aventure.

Au début, d'ailleurs, c'est un peu ça. Pagayant comme un fou dans des eaux basses et tranquilles, tu te retournes vers moi, qui pagaye itou : « On vit des aventures, hein ? » Oui mais, du mot « aventure », tu ne connais que le sens positif. Celui des bandes dessinées, dont la confortable lecture ne t'expose pas directement aux désagréments vécus par tes héros. Là, c'est une autre paire de rames. Te voilà au cœur du sujet, embarqué dans l'histoire, aux premières loges.

Et quand le kayak commence à tanguer, emporté plus vite que tu ne le souhaiterais, tu comprends qu'on ne peut pas suspendre la lecture, ou mettre sur « pause ». Heureusement, il y a ton autre héros derrière : papa. Tu lui jettes des regards vacillants, histoire de vérifier qu'il sait où il va. Ton père te rassure de quelques mots bien choisis comme « tout va bien », mais quelque chose d'imperceptible dans sa voix trahit que tout ne semble pas exactement aller aussi bien, à commencer par ce sourire exagéré qu'il arbore, contredit par la violence soudaine des flots. Horreur, malheur ! Ton père affiche maintenant un sourire crispé, et le geste désordonné de celui qui ne se souvient plus bien comment on négocie un virage serré avec la rame (à gauche ou a droite ?), alors que s'approche à une vitesse vertigineuse un énorme rocher, et que ta position avancée de vigie ne laisse aucun doute sur nos chances de le contourner.

Le choc impressionnant nous projette hors du kayak qui poursuit sa route, tandis que, tels des bouchons, nous touchons le fond avant de réémerger. Tout ce temps, je ne t'ai pas lâché. J'ai pied à cet endroit et je te maintiens contre moi, le cheveu dégoulinant, et feignant de rire de cette bonne farce. Mais toi, tu hurles à la mort (tu as mis la tête sous l'eau, et ce court séjour dans l'infra-monde du torrent te terrorise).

Impossible de te faire remonter à bord de ce *Titanic* de poche. Aucun de mes arguments ne trouve grâce à tes yeux. Tu n'es que tremblotements de froid, de peur, de rage. Je négocie âprement, car nulle autre solution en vue : l'arrivée où sont les voitures est encore à trois quarts d'heure d'ici. Les rives sont impraticables. J'obtiens enfin que tu regagnes l'embarcation, sous la promesse (inconsidérée) que la rivière sauvage ne soit plus désormais qu'un ruisselet bruissant.

Malheureusement, la pression est trop forte sur mes épaules rougies de coups de soleil, et je perds vite mes moyens (j'en avais déjà peu – moi aussi je pensais que le kayak, c'était de la promenade digestive) et voici, suprême honte, que nous partons... à l'envers. J'ai beau rire d'une voix de fausset de cette ridicule posture, preuve manifeste de ma totale incompétence aux yeux des autres kayakistes, tu n'es pas dupe et cherches partout en pleurant un genre de signal d'alarme ou un autre père, d'urgence.

Alors que nous allons tous deux nous échouer sur la rive, je mesure l'ampleur de ma faillite. Nous sommes définitivement stoppés, quelque part dans le département de la Drôme (26). Sans issue. Tu as froid, tu as faim, tu as peur. Tout ce qu'un père est censé éviter à ses enfants. Et voici qu'il pleut.

Mais surtout, comble de la tristesse : tu n'as plus confiance en moi. Pour la première fois de notre vie commune. Je ne suis plus le recours, le bras secourable, le filet de sécurité, la présence rassurante... Tout ça prend l'eau, la baudruche s'est dégonflée. Tu l'as constatée de tes yeux incrédules, cette chose impensable : ton père est faillible.

Un kayakiste finit par repérer notre détresse et la signaler. Nous sommes rapatriés en camionnette, le kayak de la mort dans la remorque. Sur la banquette arrière, je n'ai trouvé que cette misérable justification : « Tu sais, moi, je voulais qu'on rigole... » Et toi, bon fils jusqu'au bout, t'excusant : « J'ai essayé de rigoler, mais j'ai pas arrivé. »

Six ans

Les poubelles de l'Histoire

C'EST L'HISTOIRE d'Émile Choupinot, sauvé sur un trottoir de Paris, une patte cassée. Émile Choupinot ci-devant pigeon, aussitôt baptisé par ta mère et placé dans une boîte de chaussures. Certes, il y a des milliers de pigeons à Paris, mais voilà, celui-ci s'appelle désormais Émile Choupinot et plus rien n'est pareil. Il faut sauver le soldat Émile.

À cette époque de ta vie, tu es particulièrement sensible au vivant, quel qu'il soit. De la mouche à l'éléphant. Tu ne mesures pas la chance d'avoir une mère sur la même fréquence, quand la plupart des parents ne parlent de ces animaux que comme des nuisibles, invoquent la saleté, la maladie, le dérangement, et n'ont aucun état d'âme à les exterminer, parfois sous les yeux horrifiés de leur marmaille. Ce que fit ma mère à moi d'une portée de souris découvertes derrière l'armoire, et qui m'avaient tellement ému avec leurs museaux humides. J'en frémis encore.

J'ai aussi le souvenir du père de Pierrot, ami d'enfance. Boucher de son état, sanglé dans son tablier à carreaux bleus, mégot aux lèvres, couperose aux joues, ennemi définitif, on l'imagine, de toute sensiblerie. En tant qu'ami du fils, je fréquentais les « coulisses » de la boucherie. J'entendis un jour des barrissements à vous glacer les sangs. C'était un veau, pendu au plafond par une patte arrière. Carotide tranchée, déversant tout son être sur le sol, avec dans l'œil rond, une incompréhension et une détresse insupportables.

Mon ami, coutumier du fait, continuait à jouer au foot dans la cour comme si c'était là l'ordre des choses. J'aurais bien aimé avoir ta mère à mes côtés, pour me légitimer dans ce sentiment confus d'indignation, et aller lacérer avec elle le tablier à carreaux de ce père boucher, engourdi dans son inhumanité professionnelle.

ÉMILE CHOUPINOT, dorloté dans son carton à chaussures, se rétablissait tranquillement. Ta mère, en quête d'informations sur le monde colombin, apprit de source sûre après moult coups de fil que l'ami Choupinot était désormais un inadapté urbain patent, du fait de son séjour hospitalier prolongé, et qu'il finirait sous la première roue de voiture venue. Contrariée à la perspective de voir bientôt aplati l'objet de tant de soins, ta mère, ni une ni deux, décida d'emporter le sieur Choupinot à la campagne, loin des aplatisseurs colombophobes. Direction l'Ardèche. Ainsi Émile, dont la race est réputée avoir l'instinct voyageur, fit son premier périple... en TGV.

Il vécut là-bas un moment à tes côtés, voletant mollement. Ta mère enfin redouta les appétits de son autre ami le renard (qu'elle n'aurait pas condamnés, respectueuse de la grande chaîne de la vie animale), et choisit de placer Émile en pension dans une volière de canards, en cousin parisien. Et il vit depuis longtemps dans cette espèce de colonie de vacances permanente. Tu y jouis d'un droit de visite reconductible, et ne te lasses pas de le voir marcher au pas des canards, se prenant pour l'un d'eux, n'ayant plus la référence d'aucun congénère.

JE RIS DE TE VOIR considérer ta mère comme la norme, toi qui n'as pas non plus d'autres références. Tu ne trouves pas étrange que ta maman voyage en train en compagnie d'un pigeon. Tu estimes sans doute extrêmement habituel qu'une mère t'entretienne des heures durant sur l'alimentation des coccinelles. Rien de plus convenu chez l'être humain que de parler aux arbres, pleurer la mort de ses abeilles, ou négocier avec une courge du potager avant de la sortir de terre.

À PARTIR DE QUAND n'est-on plus émerveillé par son enfant ? À quel moment s'achève cet état de surprise permanent de le voir parmi nous, tombé du ciel ? Quand cesse ce sentiment de miracle, de cadeau dont il faut être digne ? Ce surcroît de vie à ses côtés ?

J'observe d'autres parents avec tristesse. L'émerveillement n'est plus là. Que s'est-il passé ? L'enfant a grandi ? Ou alors l'habitude, ce grand désenchanteur.

Je ne suis évidemment pas à l'abri. Le moment où cette minuscule irradiation ne se produira plus quand je poserai les yeux sur toi, je le guette en n'y croyant pas, comme la vigie d'un bateau sur une mer d'huile n'imagine pas le gros temps.

QUAND J'AI ACHETÉ cette cassette vidéo, j'avais le souvenir vague d'une poursuite à cheval spectaculaire. Il y avait aussi, me semblait-il, pas mal d'explosions, dont tu es féru. Mais le film se déroule et je m'aperçois qu'il sombre dans l'ultra-violence. Je suis au bord de la nausée. Je songe sérieusement à interrompre le massacre.

Toi, tu assistes impassible à une ultime giclée de mitrailleuses arrosée de sang, suivie d'un saucissonnage à l'arme blanche. Mais quand le héros libère la femme et l'embrasse d'un long baiser langoureux, tu détournes la tête en grimaçant « Beurk ! ».

TA MÈRE T'A CONFIÉ UNE TÂCHE : écosser les haricots. Ce qui t'enthousiasme modérément. Je devine ta moue derrière ta montagne de haricots verts. Un coup de fil. C'est une amie qui a été longtemps malade, un cancer. Elle est très soucieuse de prendre des nouvelles de la santé de tous.

Ta mère répond : « Oui, Antoine va bien. » Toi tu sursautes : « Non, Antoine va pas bien du tout. Il doit éplucher TOUS LES HARICOTS ! »

À LA HALLE SAINT-PIERRE, activité « cirque ». Acrobatie, gymnastique, etc. Tu es partant à fond. Bon, ça dure deux heures, et la présence d'un parent est souhaitée. Je prends un gros livre et en avant.

D'abord, on est arrivés en retard. Tu as dû te diriger vers la troupe déjà formée, en plein milieu d'un exercice, seul, sans autre forme d'introduction. Entre nous, ça, je l'aurais pas fait. Arrivé, petit nouveau dans un groupe, c'était le rouge au front, la fuite vers ma mère, et la supplique de m'emporter très loin. Alors je t'observe marcher vers l'inconnu absolu, dans tes minuscules chaussons, sous la grande verrière de la halle. Chapeau.

Évidemment, impossible d'ouvrir le livre avant de savoir si tu t'intègres. Un peu de moiteur sur les mains, en voyant tous les autres te passer devant au cheval-d'arçons. Quand enfin tu oses prendre ton tour, tu t'écrases comme une crêpe. Et moi, je commence ma lente descente sous le banc.

Exercice suivant : « Tout le monde deux par deux. » Sueur glacée dans mon dos. Typiquement le genre de circonstance où les solitaires, les poètes, les godiches apparaissent dans la lumière crue, tel qu'en eux-mêmes. Des inadaptés sociaux, que tout le monde évite, naturellement, instinctivement. Dix mille souvenirs de solitude me remontent à la gorge en regardant les enfants s'agiter en tous sens, se chercher et se trouver, tandis que toi tu en vois passer vingt, esquissant chaque fois un sourire, un geste, sans succès. Les couples sont rapidement formés, solidement arrimés, quand toi tu flottes encore. Là, je suis sous le banc.

Et puis, il doit y avoir un dieu pour les poètes solitaires et leurs pères transis : une petite fille te prend la main, et te ramène dans le monde des autres, le courant de la vie. La malédiction n'est donc pas héréditaire. Cette fille qui a bien voulu de nous... enfin de toi... Ça me remue. Je suis à deux doigts de la petite larme.

Voilà, maintenant je sais que je vais survivre à cette épreuve. Là-bas sur le trampoline tu me jettes des regards de fierté à chaque saut réussi. Mais toujours pas question d'ouvrir mon livre. Je bondis à ton rythme. (Pas très commode pour lire.)

C'EST L'HEURE DU FLASH À LA RADIO. Une voix féminine égrène toutes les informations du moment. Tremblement de terre en Iran, hausse du prix de l'essence, changement de président au Burundi, accident d'avion en Espagne. Tu écoutes tout ça, stupéfait. « C'est incroyable, cette fille... Elle sait tout ! »

UN DRAME vient de faire irruption dans ta vie. Il porte le nom terrible de « constipation ». Plié en deux sur la lunette des W.-C., tu roules des yeux exorbités dans lesquels se lit une souffrance inconnue. Et surtout la peur panique. Quand tu desserres les dents, c'est pour me dire dans un spasme ultime : « Je vais mourir. » Et c'est sincère. Tu me regardes pour la dernière fois.

Tout dans le contexte, ton pantalon en bas des jambes, ton pan de chemise flottant, le papier hygiénique déroulé en vain et ton visage apoplectique, devrait me porter à sourire. Pourtant je n'y songe pas une seconde.

Et quand finalement un « plop » libérateur se fait entendre au fin fond de la cuvette de tous les dangers, et que tu reviens sur les rives de la vie, c'est en rescapé de l'enfer abdominal que je t'accueille, tandis que le fleuve Styx est aspiré par les entrailles de la Terre dans un tourbillon de chasse d'eau.

DEPUIS CET ÉPISODE, ta décision est prise. Tu ne me l'as pas formulée clairement, ne jugeant pas utile de me mettre dans la confidence. Mais je l'ai deviné : dans la vie, désormais, tu as fait le choix de ne plus faire caca. Ton regard calme et assuré ne laisse aucun doute sur ta détermination. On ne t'y reprendra plus. Cette activité fécale n'est définitivement pas pour toi. Sans façon. Parlons d'autre chose.

Je tente un raisonnement sur la base de données biologiques incontournables, qui ne t'atteint pas le moins du monde. Père, c'est très aimable de vous pencher ainsi sur mon intimité rectale, mais ma position est intangible. Plus de caca. La chose n'est même pas négociable.

Malgré ce qui pourrait sembler une aberration physiologique, je ne peux m'empêcher d'avoir pour toi un peu d'admiration. Du haut de ton mètre dix, ayant analysé froidement la problématique constipatoire et ses incidences désastreuses, tu n'as pas cédé à l'auto-apitoiement, la plainte et l'imploration du ciel. Tu as tout simplement choisi, avec courage et une grande force intérieure, de t'affranchir des lois élémentaires de la biologie de cet asservissement sans nom qui conduit l'Homme régulièrement à la lunette de l'indignité.

Qu'importe si au terme de quelques jours de sédition tu as dû rejoindre le troupeau résigné des défécateurs, ce sursaut d'honneur qui fut le tien face aux contingences organiques immémoriales t'a valu mon respect, celui pour les grandes causes incertaines et les combats perdus d'avance.

En ce moment, tu fais beaucoup de cauchemars. Pour exorciser tout ça, ta mère te propose une petite cérémonie incantatoire. Tu vas dessiner toutes tes peurs sur une grande feuille, et puis on ira la mettre au feu. Peut-être qu'un peu de tes terreurs nocturnes partira en fumée.

Tu dessines une boîte longue avec des cœurs dessus : « Peur de maman morte dans un cercueil. » Bon. Ta mère accuse le coup, mais c'est le jeu. Maintenant tu dessines des soldats, beaucoup de soldats : « Peur de la guerre le jour de mon anniversaire, parce que ça gâcherait tout, je pourrais pas ouvrir mes cadeaux. »

Toi (formel) : « Papa, on se quittera jamais ! »

Moi (pervers) : « Mais, si je suis vieux, que tu n'as pas d'argent pour me nourrir, tu devras bien m'abandonner... »

Toi (roublard) : « Non, non. J'irai au distributeur. »

Quand tu es né, j'ai formulé un vœu pour toi. Un vœu contradictoire : j'ai souhaité que tu sois fort et sensible. Fort pour être sensible sans être détruit. Sensible, pour être fort sans vouloir détruire.

Pour l'instant, je constate que c'est surtout le volet « sensibilité » que tu développes. À l'école, tu essaies désespérément d'être ami avec Balthazar. Aujourd'hui, Balthazar t'a dit : « Je m'assois pas à côté de toi, parce que tu sens mauvais. » Mon sang ne fait qu'un tour. Poings serrés, je te demande ce que tu lui as rétorqué du tac au tac pour lui rabattre son caquet à ce sale mouflet ! ? ? « Je lui ai dit : ça me fait beaucoup de peine. »

UNE PUBLICITÉ POUR DES COLLANTS. La femme est penchée en avant outrageusement. Deux jambes au galbe parfait. La jupe est légèrement relevée. Les fesses apparaissent, moulées dans la soie. Mise en scène érotique en diable.

— Pourquoi elle est penchée comme ça la dame ?

— Euh... Elle renoue son lacet...

— Wah ! Celui qui arrive derrière, il est mort de rire !

D'un coup, tu m'as rappelé ce temps lointain, où à la vue de fesses de fille, on ne pouvait qu'être « mort de rire ». (Mais alors très lointain.)

TU AS PASSÉ LA NUIT chez ton amie Oona. Vous avez partagé le même lit. À la suite de cette expérience, tu me déclares que tu as découvert quelque chose d'important, chez les filles. Je frémis un peu, je m'attends au pire, après tout, il faut bien que ça arrive un jour. Alors ? « Les filles aussi elles pètent. »

AU PIED DE MONTMARTRE, un car de touristes japonais. « Pourquoi les Chinois viennent ici emprunter notre ville ? Nous, on va pas en Chine, c'est pas juste ! » Allons bon. Voici une manifestation spontanée de rejet de l'autre, et l'apparition de la notion du « chez nous » et du « pas chez eux ». Que faire avec ça ?

Je choisis de ne pas affronter ton sentiment de rejet. De jouer sur ton côté « sensible ». Qu'il serve au moins à quelque chose, celui-là.

— Ah ! Alors tu voudrais qu'on leur dise : partez, retournez chez vous, on veut pas de vous, vous sentez mauvais ?

— Euh... Faudrait leur dire doucement, pour pas leur faire de peine.

Cette idée que le racisme, le rejet de la différence, serait « naturelle » chez un enfant, surtout chez toi, me chiffonne. Je me souviens de ta grande sœur, à l'âge de trois ans, devant une affiche Benetton et des bébés de toutes les couleurs. Quand on lui demandait : « Il y en a un que tu n'aimes pas ? », elle désignait systématiquement le bébé noir.

Aucun discours rationnel ne peut avoir prise sur cette réaction quasi animale. La seule solution : la mixité. Le mélange. Que la couleur de peau n'ait pas plus d'importance que celle des vêtements. Toi, tu as joué toute ton enfance avec Amidou et Aliou, les deux jumeaux de notre amie franco-guinéenne Sakina. Plus tard, tu habiteras la Goutte-d'Or et seras longtemps la seule tête blonde de la rue. Si après ça, le « chez nous » et « chez eux » a encore un sens pour toi, c'est à désespérer.

« REGARDE, MAMAN ! Pour te faire plaisir, je t'ai fait un dessin d'incendie avec plein de gens morts aux fenêtres ! »

POUR MOI, l'incarnation du mot « irresponsabilité », c'est toi à la caisse du supermarché. En général, et spécialement, ce jour-là. Je suis pressé par la queue derrière moi et par la caissière, j'essaie d'enfiler une quantité invraisemblable de nourriture dans des sachets plastique qui ne s'ouvrent pas, tandis que ma carte bleue tombe au sol, que mon portable sonne, et que l'exaspération enfle.

Toi, tu chasses une mite avec ton paquet de céréales. Irresponsable.

— ATTENTION, PAPA, aujourd'hui je suis de mauvaise une heure...

— Ah... Et ça va durer longtemps ?

— Ben... Une heure !

Ton père, ce héros

TU SAIS, je ne peux pas garder tous les dessins que tu me fais. J'en ai déjà un classeur complet. Alors je sélectionne. J'élimine les redites, comme cette vingt-troisième tour en flammes avec des gens morts aux fenêtres. Qu'a-t-elle de plus ? Oui, c'est vrai, il y a ces explosions de voitures au sol qui rendent l'œuvre intéressante, ou ces parachutistes dans le ciel qui se font zigouiller par un avion fou. Bon, j'hésite. Mais finalement je ne garde pas.

Bien sûr, tu n'en sauras rien. Je fais mine de classer immédiatement ton dessin dans les grandes archives mondiales de la création contemporaine de mon fils. Tu t'en repars, fier de cette contribution et de cet adoubement paternel. Mais à peine as-tu le dos tourné que je fais suivre à la tour en flammes le chemin de la poubelle. Avec quand même un petit pincement au cœur, je ne suis pas un monstre. Et surtout, je ne suis pas idiot, je l'enfouis profondément sous les papiers de la corbeille, après l'avoir pliée en huit.

Jusqu'au jour où tu es remonté quatre à quatre (j'entends encore ta clameur incrédule dans les escaliers) pour déboucher dans l'appartement avec au bout du bras la fameuse tour en flammes pliée et sérieusement endommagée. Je blêmis. Tu m'annonces sur un ton décontenancé que tu l'as retrouvée dans la poubelle verte d'en bas, en y jetant des ordures. La tour infernale était remontée à la surface. Me voilà confondu.

Je m'apprête à bredouiller un « je peux tout expliquer ! » comme dans les mauvais films policiers, quand d'instinct, je trouve la bonne attitude : la surprise indignée (bien vu !). « Quoi ? Mais comment est-ce possible ? Qui ? Par quel mystère ? Qui a osé ? » Je saisis la feuille de papier, la déplie précautionneusement comme s'il n'y avait rien de plus précieux sur Terre (et à cet instant, au vu de l'enjeu, c'est le cas !) et mime à la perfection le soulagement de l'avoir retrouvée. Puis, une main sur l'épaule, te félicite de ce sauvetage in extremis (le camion poubelle allait passer dans les dix minutes, et d'ailleurs on entend déjà son sinistre grondement en haut de la rue !).

C'est ton tour d'être soulagé. Mais de toute façon, tu n'y croyais pas. Ce ne pouvait être qu'une erreur grave. Un improbable et malheureux concours de circonstances. Tout de même, dans ta stupéfaction, il y avait une infime part de doute, une micro-brèche dans la confiance. Comme de reconnaître les pantoufles de son père aux pieds du Père Noël. Ma bonne réaction (ouf !) a colmaté tout ça. Tu es reparti du même pas assuré vers ce même monde où les pères ne plantent pas de couteaux dans le dos tourné de leurs enfants.

Pardonne-moi cette supercherie. C'était un mensonge qui préserve la vérité. Sur le fond, je ne te trahis pas. D'ailleurs, cette vingt-troisième tour en flammes défroissée est allée rejoindre le grand classeur, avec quelques détails que les autres n'ont pas : des taches de gras, qui témoignent de son détour par les poubelles de l'Histoire.

J'AIME BIEN quand tu prends un air pénétré pour penser intensément à ce que tu vas faire maintenant, en disant : « Alors alors... Réfléchons... »

NOUS AVONS DÉMÉNAGÉ. Je pensais que ce serait un désarroi plus grand pour toi. Certes, nous habitons à peine trois cents mètres plus loin, mais tout de même. Tu encaisses bien le choc. En fait, je crois que la chose la plus importante est que ta mère et ton père soient du voyage. Entre nous deux, tu irais au bout du monde, ce ne serait même pas un déménagement.

J'annonce que je dois retourner à l'ancien appartement. Tu veux absolument m'accompagner. Tu as envie de revoir la maison. Oui, mais, je te préviens, tout est cassé là-bas, les nouveaux propriétaires font des travaux. Pas grave ! Au contraire, ça t'amuse ! Bon. En chemin, tu parles des nouveaux propriétaires en les appelant « nos invités ». Ça aurait dû m'alerter sur le fait que, dans ta tête, tu n'avais pas encore vraiment quitté l'endroit.

Nous y voici. Et là, l'idée abstraite d'une « maison cassée » devient une image violente. Tu déambules sur un sol de gravats. La première maison de ta vie est méconnaissable. Ta chambre surtout : nos « invités » ont abattu les murs pour agrandir. On devine encore la trace du grand arbre peint par ta mère, avec les feuilles collées. Mais c'est tout. Les dalles vertes en caoutchouc ont disparu. Ton lit en bois, démonté. L'appartement nu a l'air deux fois plus grand, et toi qui marches au milieu les yeux au plafond, deux fois plus petit. Une page de ton enfance se tourne. Tu cherches ma main pour partir.

AU MILIEU DE LA NUIT, tu me racontes le cauchemar qui t'a réveillé (et moi aussi, donc). Tes parents prennent la voiture et partent en t'oubliant. C'est simple et terrifiant. Je prends un temps pour répondre, penché sur ton lit. Puis je me lance, avec un lyrisme que la nuit qui nous enveloppe rend plus ardent encore, dans une déclaration amphigourique et pleine d'accents de sincérité d'où il ressort que jamais de la vie, tu es pour nous la personne la plus importante au monde, et je fais bien résonner ces deux derniers mots dans le silence des ténèbres.

Tu me réponds : « Eh ben, ouf ! » et tu te rendors.

GROSSE ACTIVITÉ au tas de sable avec ta copine Oona. Vous m'appelez pour me montrer l'étendue des travaux publics entrepris : il y a là tout un réseau de tunnels, dont certains absolument secrets. Vous me rappelez que cette entreprise a nécessité un temps infini, trois heures ou vingt minutes, au moins, et vous m'en parlez avec moult précautions oratoires comme d'une construction prévue pour tenir un millénaire.

Dans la minute qui suit, je vous vois construire un volcan à la place.

LE VRAI COURAGE, ce n'est pas de réussir devant toi quelque chose que tu as peur de faire. C'est de réussir devant toi quelque chose que *moi* j'ai très peur de faire, et que toi tu réussis sans problème.

Je suis assis à quatre mètres du sol sur une plateforme dans un arbre. C'est le parcours des écureuils, ça s'appelle de « l'accro-branches ». Toi, tu as franchi toutes les épreuves, y compris la fameuse descente sur le câble, accroché à la roulette de la tyrolienne. Oui mais moi, non. Je suis assis sur ma plateforme. Cramponné, je dirais.

Toi, tout en bas, tu me fais signe des deux bras : « Vas-y papa ! » Tu ne comprends pas ce qui fait hésiter un papa intrépide, en toute autre circonstance de la vie (vélo, piscine, monopoly, petits chevaux). Je désigne d'un bras flageolant des gens qui passent en bas. Je ne voudrais pas les blesser. Tu hoches la tête. C'est vrai qu'il est prudent, ce père. Bon point. Maintenant les gens sont passés, il faudrait s'activer.

Prenant l'air toujours très concentré de l'adulte responsable, je désigne à présent des gens qui viennent dans l'autre sens. Je ne voudrais pas les blesser non plus. Oui c'est vrai, je te l'accorde, ils sont à deux cents mètres, et ne se dirigent pas tout à fait dans notre direction. Est-ce une raison pour que tu me cries, les mains en porte-voix : « Ça va ! T'as vachement le temps ! » Surtout que deux accro-brancheurs arrivent dans mon dos, et toussotent poliment. Et voilà un moniteur qui m'interpelle d'en bas : « Un problème, monsieur ? » Je congédie l'importun d'un revers de bras rigolard.

Un problème, moi, vous plaisantez ! J'ai juste super les jetons de me lancer dans le vide, mon cœur se soulève à la vue du câble mince qui suspend ma vie, et d'un fils qui est descendu avant moi les doigts dans le nez. Oui le petit là-bas, qui commence à se demander pourquoi son père, ce héros, ne descend pas. Est-ce qu'il aurait les jetons ?

Cette dernière idée, insupportable, plus que la peur, me pousse dans le vide. Je ferme les yeux et me réceptionne sur une jambe vingt mètres plus loin, misérablement traîné dans la poussière. Puis me relève, genoux tremblotants, et t'adresse un pouce levé, suivi d'un clin d'œil redondant, fendu d'un trop large sourire. Je crois même que je viens cogner ton poing de mon poing, à l'américaine.

Voilà mon fils, maintenant tu sais ce que faisait ton père ce jour-là, là-haut sur sa plateforme. Oui, ton père ce héros.

C'EST UN FEU D'ARTIFICE du 14 juillet tout ce qu'il y a de plus conventionnel. Quelques fusées vertes et quelques bleues qui pètent à cent mètres du sol. Puis un ou deux bouquets scintillants, le final qui nous rejoue tout ça en même temps. Bon, mais te voilà émerveillé, la bouche en « O », et donc moi aussi.

À vrai dire je suis surtout émerveillé de ta capacité d'émerveillement. Je retrouve celle de ta mère, qui semble infinie devant les beautés du monde, mais aussi les minuscules choses de la vie. Elle te l'a transmise, ou alors tu l'as apprise à son contact. L'émerveillement s'apprend aussi.

Ma mère à moi n'a jamais été portée sur le merveilleux. Elle avait plutôt tendance à ratiboiser les émotions trop fortes, couper tout ce qui dépasse. Rabattre le caquet du miracle. Pour des raisons qui lui appartiennent et que je respecte : elle a quand même passé les plus belles années de sa jeunesse sous l'occupation allemande. Comme éteignoir on ne fait pas mieux.

Sans le vouloir elle m'a refilé son étouffoir de grands sentiments lyriques. Pas grave. Sautant une génération, tu es venu pour faire ce qu'elle n'a pas pu : m'apprendre que la vie est un feu d'artifice.

BIENTÔT SEPTEMBRE. Toi tu enchaînes comme ça vient. Les vacances, consommées à grandes dents, et maintenant la rentrée. Tu avances dans le temps, le nez dans le guidon.

Moi, je découpe le temps, j'amortis, j'anticipe, je freine, j'accélère. Toujours avec distance, et cette volonté de contrôle de ce qui pourtant me file entre les doigts. Mon parcours temporel est haché. Le tien est rectiligne, et file tel un train dans la nuit.

À quel moment de ma vie ai-je perdu cette linéarité, cette avancée simple, cet enchaînement

, de long fleuve tranquille ? Et quand le .ras-tu ?

PARFOIS, tu me fais ton petit conseiller conjugal : « Si tu parles pas bien à maman, elle va plus vouloir être avec toi ! »

De quoi je me mêle ?

CETTE AVENTURE se passe dans la Mer de sable. Le parc d'attraction de la région parisienne, délicieusement désuet. J'y vais en confiance, je sais qu'il y a là-bas tout ce qu'il te faut : des cowboys, des Indiens, des petits trains, des radeaux sur des rivières. Ça me va aussi. Je suis moins client des « space canon ball » de Disneyland ou des tonneaux de la mort du parc Astérix. Ici, on reste à taille humaine, en tout cas à celle d'un ancien enfant des années soixante.

Sauf que, là aussi, les avions, me semblent tourner un peu vite pour mon cœur de midinette. Alors je décline l'invitation. Non merci. Heureusement, nous sommes venus avec Stéphane et ses enfants. C'est lui qui montera dans l'avion avec toi. Ça m'arrange plutôt. Quoique je n'exclus pas un peu de jalousie quand je te vois partir avec lui, main dans la main, puis côte à côte dans le cockpit, là où un père courageux aurait dû t'accompagner. Oui mais non, on n'est pas courageux tous les jours. Moi, c'était l'autre jour en haut des arbres de l'accro-branches. Je considère que j'ai donné. Trop tard pour les justifications, les avions ont décollé. Tu as l'air ravi là-haut, et pas une once d'appréhension.

À l'atterrissage, les enfants de Stéphane te demandent pourquoi ton père n'est pas monté. Tu leur sors sans barguigner cette phrase qui me cloue sur place : « Mon père, il a la trouille. » Là, je crois qu'il faut intervenir. Je ne peux pas avoir été démasqué, pas déjà (dans l'année de tes six ans !). Euh, tu peux répéter ? tentais-je, le masque légèrement grimaçant. « Parce que tu as la trouille. » Je hoche la tête incrédule, et te demande de répéter encore, en ricanant bêtement, puis une dernière fois. Tu ne te dégonfles pas et t'exécutes, sans mépris, mais comme un constat évident. J'ai la trouille. Ah bon tu crois que j'ai la trouille ? « Oui. » Je hoche la tête à nouveau (sans trouver la repartie cinglante que j'espérais) et te fais signe de continuer à marcher droit, l'air de penser « Ah ouais ? Eh ben on va voir ce qu'on va voir ».

C'est-à-dire rien du tout. Au manège suivant, il est encore moins question que je monte. C'est le bateau de pirates qui fait mouvement de balancier sur son axe, monte très haut puis descend très vite. Merci bien. Trouillard, d'accord, mais qui en plus vomit son quatre heures, non. Toi, bien sûr, plus rien ne t'arrête, tu prends place sur le navire fou entre Stéphane (je ronge mon poing) et ses enfants. Tu m'adresses quand même un petit signe au démarrage, comme à une veuve de marin restée sur le quai, et c'est parti.

Rigolade au début. Puis, moi qui te connais bien, je vois ton sourire se figer en un rictus. Je ressens ce que tu ressens, par cette fameuse empathie filiale. Ton cœur se soulève à chaque descente et tu crois mourir. Ce sont maintenant des larmes sévères et un long cri. Je bondis vers la caisse et intime l'ordre au responsable du manège d'arrêter immédiatement, c'est une question de vie ou de mort (je sais bien faire ça maintenant). Tu pleures et cries encore dix insupportables secondes, je meurs avec toi à chaque descente.

Enfin, grâce à mon intervention autoritaire, le manège ralentit puis s'immobilise. Tu sors soulagé et fond à nouveau en larmes dans mes bras. Tu t'accroches à moi comme un désespéré. Plus jamais ça, papa.

Un peu plus tard, quand tu as repris tes esprits et que je suis redevenu ton père (eh oui, désolé Stéphane), j'ai cette inspiration soudaine :

— Tu comprends maintenant pourquoi je ne monte pas avec toi dans les manèges dangereux ?

— Non, pourquoi ?

— Réfléchis (je prends un air grave, en scrutant le ciel).

— Ah oui, je sais ! C'est pour pouvoir arrêter le manège si jamais j'ai un problème !

Je secoue la tête lentement en plissant les yeux, suivi d'une tape dans le dos, qui veut dire « allez retourne avec les autres, ton père veille sur toi ».

Tu rattrapes les enfants de Stéphane, et je t'entends dire cette phrase « mon père, il a pas la trouille, en fait... » qui coule comme du miel.

— ALORS, c'était bien l'école, aujourd'hui ?

— Non, Casanova m'a donné une gifle.

— Hein ? Quoi ? Et alors qu'est-ce que tu as fait, qu'est-ce que tu lui as dit ? ?

— Ben j'ai dit : « Ouille ! »

C'EST MON ANNIVERSAIRE. Sur le ton de la confidence mystérieuse, tu me chuchotes à l'oreille tout ce qui est prévu ce soir et quels cadeaux je vais avoir. Tu me répètes surtout que c'est un secret, qu'il ne faut le dire à personne, surtout, surtout.

Oui, d'accord, Antoine, mais maintenant que tu me l'as dit, tout le monde est au courant, j'étais la dernière personne à ne pas savoir.

Le secret en fait, c'était pour moi. Maintenant, ce n'est plus un secret.

Tu mets ton doigt sur la bouche : « Oui, mais chuutttt ! D'accord ? »

TU ME REGARDES EN SOUPIRANT : « J'ai bien choisi comme papa ! » Si tu savais combien moi aussi je suis heureux d'avoir été choisi comme papa. Je me revois encore sur l'étalage, dans la vitrine de papas, tremblant que tu choisisses celui de Paul, ou de Balthazar. Eh bien non, tu as choisi celui d'Antoine. À quoi ça tient ?

AU RESTAURANT, un truc t'épate : tu commandes aux adultes ! Un serveur vient te demander ce que tu veux, et il te l'apporte. Quel monde merveilleux, le restaurant ! L'épisode du serveur servile te donne même l'occasion de tenter un subjonctif à son sujet : « Toutes les choses que je voudrais qu'il fasse... Ben il le fasse ! »

UNE ENFANT AFRICAINE dans la cour de l'immeuble. Elle tente de déchiffrer des mots sur le mur. Elle te demande de l'aide. Toi, fort de ton bagage acquis dans les premiers mois du CP, et fier de pouvoir rendre service dans le domaine littéraire, tu t'approches. Et déchiffre, syllabe après syllabe. « Je... ni... que... tout » Tu reprends doctement à l'intention de la voisine africaine : « Je nique tout. » Elle approuve et te remercie. Tu fais un signe de la tête, modeste, y a pas de quoi.

Ces trois premiers mois d'acquisition du langage dans toute sa complexité ont donc débouché sur le déchiffrage de cette phrase définitive. Est-ce que ça valait le coup ?

TA CAGNOTTE de maintenant trois euros soixante-quinze, tu voudrais la mettre à l'abri. Et acheter un portefeuille, comme celui de papa. En voilà un à l'étalage qui coûte à peu près trois euros soixante-quinze. Tu bondis de joie ! Tu peux te le payer. Mais te voici illico en butte à une grande loi de l'univers : tu peux acheter un portefeuille à trois euros soixante-quinze, O.K., mais ensuite tu n'as plus rien à mettre dedans. Oui, je sais, la vie peut être cruelle, aussi.

JE NE T'AI PAS VU de la journée. Un temps qui m'a semblé infini. Je sonne à l'interphone. Une voix flûtée : « Papa ? » C'est une boîte magique : on appuie et un fils parle à l'intérieur. Raccourci fulgurant : j'ai le souvenir des cours d'aptonomie, quand ta mère était enceinte. Je mettais la main sur son ventre, ça te faisait venir à la surface.

Là, c'est un doigt sur la sonnette qui fait venir ta petite voix à la surface du monde. (Je re-sonne.)

« En classe, on apprend Dieu. » Ça me chiffonne un peu cette histoire. Tu me parles souvent de Dieu. Ça ne peut venir que de l'école. Je croyais qu'on avait séparé l'Église et l'État. D'accord pour Dieu, mais alors qu'on te parle aussi de Jéhovah, Allah, Bouddha, etc. Qu'on ne te parle pas de la Vérité, mais d'une certaine vision du monde. Que d'autres constructions sont possibles.

« Je crois que Dieu existe, parce qu'il y a le Père Noël. » Ah ! voilà enfin un raisonnement qui me plaît. Parce qu'il ne va pas tenir longtemps.

Au fait, le Père Noël, tu y crois encore à bientôt sept ans ! Bien sûr, il y aurait des bruits qui courent à l'école, selon lesquels le Père Noël n'existerait pas. Tu balaies tout ça du revers de la main. Pour toi, y a pas à tortiller : la preuve que le Père Noël existe, c'est les cadeaux. Ça c'est du tangible. Raisonnement imparable.

Oui mais comment fais-tu, toi qui raisonnes en scientifique, pour ne pas voir l'étroitesse du conduit de cheminée ? Ton garage de petites voitures ne passe pas par là ! Et ce gars qui n'a qu'une nuit pour gâter les enfants de la terre entière ? ! Un peu gros, non ?

À l'inverse de ta mère, qui te donne un luxe de détails sur l'homme en rouge (son prénom, son adresse, les questions pratiques du traîneau et des rennes), moi je ne te donne aucune information, de peur de devoir rendre des comptes quand la grande arnaque sera éventée. Il ne sera pas dit que j'aurai trempé dans la combine.

ÇA Y EST, ça me revient, voilà ce que c'est qu'être enfant : attendre toujours que les grands soient disponibles, pour faire ceci ou cela. Jamais être maître de l'emploi du temps, du déclenchement des choses ou de leur durée. Piaffer beaucoup.

— TU SAIS SKIER, papa ?

— Bien sûr, fils... Ton père peut tout faire, sait tout faire, c'est comme un Dieu...

— (Tu approuves avec conviction) Je sais...

Mais, euh, c'était une boutade. Tu m'as cru ! Avec une facilité qui me donne le vertige. Aïe ! Ce piédestal, il va bien falloir en tomber. Pour l'instant, tu me vois par tes yeux d'enfant skier, nager, pratiquer tous les sports avec maestria.

Mais moi, je vois grandir l'ombre du jour maudit où tu comprendras que je skie très moyennement, que je suis un piètre nageur, un obscur footballeur du dimanche et pire que tout, un père ordinaire. À six ans, ton admiration pour moi est à son apogée, voici le temps du déclin redouté.

Déjà à plusieurs reprises, ma statue de dieu grec s'est fendillée. Je colmate en repoussant le moment où y apparaîtra un grand dadais en caleçon, dans les débris de sa musculature de pierre. Ton père, ce héros déchu. Qu'il va te falloir aimer quand même. S'il te plaît.

WEEK-END CHEZ NOS AMIS NIÇOIS. Leurs deux fils sont maintenant grands, seize et douze ans. Mais ils s'adressent à toi comme si tu étais des leurs. Je te sens super fier. D'ailleurs tu évites au maximum d'être avec nous. Tu marches entre les deux garçons, loin devant. Comme eux, tu mets les mains dans tes poches de pantalon. Tu trouves des sujets de conversation qui les intéressent. Tu réussis à donner l'illusion d'être grand.

Un sans-faute, ou presque : cette question que tu poses à Pierre, d'un air dégagé : « T'as fait ta lettre au Père Noël, toi ? »

TOUS CES PANNEAUX, ces pancartes, ces affiches prennent maintenant un sens. Grâce aux mots que tu déchiffres. Comme une guirlande qui s'allume.

TU AS RÊVÉ toute la nuit de ski. Comment veux-tu qu'on te refuse cette sortie, à la station ? Et pourtant rien ne nous y incite : il pleut, la neige fond partout en tristes lambeaux grisâtres. Il fait froid et le brouillard tombe de partout. Au téléphone, tout à l'heure, le syndicat d'initiative n'était guère optimiste sur l'enneigement. Ça sentait la Bérézina. Mais ton enthousiasme n'a pas baissé d'un cran. Ce ski tu l'as rêvé, et tu vas en faire. Mordicus.

Dans la voiture, personne n'y croit. On est à deux doigts de faire machine arrière. Plus on s'approche, plus c'est un décor de débâcle alentour. Toi, au contraire, tu acclames l'apparition de chaque plaque de neige, et chacune d'elle te renforce dans ta certitude. Moi j'essaie comme d'habitude d'anticiper ta déception, en avançant l'idée que peut-être, éventuellement, il se pourrait que... Rien à faire. La Force est en toi. On fera du ski. Point.

À la boutique de location, cernée de boue vaguement neigeuse, je choisis des skis sans ardeur, uniquement porté par ta conviction que je ne me sens pas la force d'affronter. Toi, tu trépignes, bondis, rebondis. On est à la station, bon sang de bonsoir ! La vie est belle ! J'enfonce la tête dans les épaules et on y va.

Voici que quelques mètres plus haut, les pistes sont blanches, des skieurs y chaloupent avec élégance. Surprise totale. Pas pour toi. C'est ainsi que tu l'avais vu. Ta vision, ton rêve. Ton envie a été la plus forte et elle l'a emporté. Il me semble qu'elle a bousculé la réalité, lui a secoué les puces. Sans ton intime conviction portée par ce désir fou, on s'en serait tous retournés la queue basse, moroses. Au lieu de quoi, on a passé une excellente journée, la neige s'est révélée très praticable et le temps a fini par se lever. Chapeau bas ! Et toi tu as fait ta première descente droit devant, comme une flèche.

Depuis, je te regarde d'un autre œil, petit sorcier capable, malgré l'inertie ambiante, de changer la qualité du jour. Et ta foi qui a déplacé les montagnes.

« J'AIME BIEN LE TRAIN. J'aime bien l'avion. Mais quand même, ce que je préfère, c'est la luge ! »

UN ENFANT QUI GRANDIT... Quel étrange exercice de deuil ! Je ne verrai plus jamais le bébé que tu étais. L'enfant de trois ans est mort aussi. Je les adorais. J'aurais pu en être triste, mais non, ils sont encore là, avec un autre de six ans en plus.

J'ai tellement aimé tous tes âges, que le dernier les contient tous. Et ceux à venir aussi.

PARFOIS, il me faut te quitter. Le travail, un voyage, etc. Je ressens intimement ta tristesse. J'ai un coup au cœur. Sans doute excessif, la séparation ne sera pas longue, il faut bien parfois qu'on soit loin l'un de l'autre. Rien de tragique. Oui mais pour que je le vive avec autant d'intensité, c'est qu'il s'y cache autre chose, me dis-je dans mes rares moments de lucidité. Je me vois t'abandonner, et c'est ma propre peur de l'abandon qui est en jeu. Mais oui, bien sûr ! Quel idiot, je fais. Ça n'a rien à voir avec toi. Tu es le support d'une peur ancienne, revécue mille fois, et tapie dans l'ombre. Elle a cru me reconnaître en toi. Elle est sortie du bois.

Et tout à coup ce froid dans le dos : et si en toi je ne voyais que l'enfant que j'ai été aux différents stades de ma vie ? Et si je revivais par toi toutes ces étapes avec cet œil ancien, ce cœur ancien ?

Sans doute, mais après tout, il n'y a aucune culpabilité à t'utiliser comme miroir. Tu es là pour ça. Voilà bien une autre de tes missions sur Terre : révéler tes parents à eux-mêmes, leur donner à voir, à vivre, à comprendre ce qu'ils ont été, leur donner cette occasion inespérée d'un double regard, un pas de côté, sur une époque opaque.

Donc, fils, merci de cette chance de rédemption que tu m'offres. Pardon de t'encombrer de ce qui ne t'appartient pas.

Et quand tu grandiras, ne crois pas être quitte de cette relation ambivalente et sulfureuse. Ton fils ou ta fille viendront bientôt la réactiver à leur tour. Ce que tu m'as donné, ils te le donneront.

C'est le sens de cette grande chaîne filiale. Une dette d'amour, remboursée chaque fois par le suivant.

Sept ans

En attendant la fin du monde...

Un attroupement, des policiers, des camions de pompiers... Et là, au deuxième étage d'un immeuble, de la fumée. Je connais ton goût immodéré pour les incendies. Je décide donc d'aller te chercher à la maison. Toutes ces lumières bleues qui clignotent sur des voitures rouges, cette fois « en vrai », tu ne peux pas manquer ça. Comme je l'avais prévu, cette proposition ne te laisse pas indifférent, te voilà déjà dans l'escalier.

Ce que je n'avais pas prévu, ce sont les protestations de ta mère. En substance : le malheur des autres n'est pas un spectacle. Ce voyeurisme malsain est malvenu, surtout avec un enfant. J'accuse le coup. Me voici touché à l'estomac par un uppercut de morale élémentaire, auquel je n'ai rien à rétorquer. Flagrant délit. Je tente de négocier, car tu trépignes dans la cage d'escalier, je n'imagine pas comment je pourrais faire machine arrière. « C'est un petit incendie », fais-je en montrant un court espace entre mon pouce et mon index. Ta mère hausse les épaules.

De fait, c'était un petit incendie, ce qui m'a sauvé la mise. Et tu as été fasciné par le ballet des camions-citernes, et ces pompiers grimpant par le balcon pour casser une fenêtre, et aussi quelques flammes qui se sont échappées de l'appartement. J'avoue mon soulagement qu'aucun cadavre n'ait été sorti des décombres. Et la mise au point de ta mère m'a incité à te faire toucher du doigt le drame humain que constitue même un « petit incendie ». Il ne s'agit pas de gros jouets, ou de maison de Lego.

Sur le chemin du retour, échangeant nos points de vue sur les casques de pompier rutilants et l'utilité des masques à gaz, j'essaye d'y voir clair dans ma façon de « traiter » cette fascination des catastrophes qui est la tienne. Il y a incontestablement quelque chose qui te travaille, en souterrain. Sans doute une très grande peur.

Même si je ne l'ai pas complètement contrôlée, la solution d'aller voir l'incendie n'était pas la plus mauvaise. Rétrospectivement, je pense qu'il est préférable d'aller affronter l'objet de sa peur, et de la voir se dégonfler. Le fantasme, surtout s'il se nourrit du secret ou de l'interdit, a tendance à surdimensionner. La simple réalité est parfois bonne pédagogue.

Je rassure ta mère : c'était un tout petit incendie (pouce-index).

QUELQUE TEMPS PLUS TARD, un événement plus impressionnant me permet d'affiner ma théorie. C'est un soir comme les autres, dans l'appartement de la rue Myrha. Tout à coup, j'aperçois par la fenêtre des gens qui courent, d'autres démarrent leur voiture en trombe et disparaissent sur la droite. En face de notre immeuble, tout le monde est aux fenêtres. Un coup d'œil sur la gauche de la rue. Trois voitures sont la proie des flammes. Accident ? Attentat ? Il n'y a pourtant pas eu d'explosion. L'atmosphère de la rue est étrange. Habituellement très animée jusque tard, la voici désertée. Et là-bas, au loin, au premier carrefour, d'autres foyers d'incendie, quelques éclats de voix. Une ambiance de guerre civile.

Le contraste avec toi qui dîne gentiment à table est frappant. Que faire ? À ton tour, tu entends les bruits de la rue, les cris. Il est maintenant exclu de t'empêcher de regarder par la fenêtre. Ton incompréhension d'être tenu à l'écart et ta propension à fantasmer le pire auraient un effet désastreux. Tu découvres donc ce spectacle assez traumatisant pour un enfant : le chemin paisible de ton école, jalonné de trois carcasses enflammées, des gens qui courent en tous sens. La matérialisation de tes cauchemars.

Et tout de suite, cette question : pourquoi ? Entre-temps, ta mère est allée aux renseignements. Mettant à profit son réseau d'information personnel, de l'épicier du coin au tenancier du Midi Hôtel : c'est une bavure policière qui a mis le feu aux poudres. Des policiers de la brigade des stupéfiants, en voulant procéder à une arrestation, ont fait feu à bout portant sur un jeune. Il est entre la vie et la mort. Aussitôt, le quartier s'est embrasé, des barricades de voitures stationnées se sont improvisées.

Nous sommes à la Goutte-d'Or, et l'exaspération anti-policière est palpable. Les descentes de police à répétition, effectuées avec un sens très flou du respect des populations locales (tutoiement de rigueur, provocation, arrogance, nous en avons été les témoins indignés plus souvent qu'à notre tour), ont fait monter la tension.

Mais comment t'expliquer tout ça, sans manichéisme, sans faux-semblants ? Et pourtant, il le faut. Je sens qu'il faut vite mettre des mots sur ces événements. À mesure que le sens, plus ou moins bien bricolé, vient sous-titrer ce spectacle terrorisant, tu te calmes un peu. Nous ne sommes plus dans une sorte d'inconnu brutal. Un commentaire vient ramener toute cette agitation dans le champ du possible, des tenants et des aboutissants. Voilà donc comment se sortir d'une telle situation avec toi : y mettre des mots, l'accompagner calmement de phrases claires, si possible d'une voix égale.

Un peu comme au cinéma, quand une scène t'est incompréhensible. Les films, justement, ta référence : car maintenant tu aimerais savoir où sont les bons et où les méchants. Et voici qu'apparaît en haut de la rue une troupe de CRS, boucliers et matraques. Dans un autre contexte, on pourrait dire : voici les bons. La cavalerie. Eh oui, je n'ai pas envie de t'apprendre que les policiers sont les mauvais. Je pense que la police est garante de la démocratie, qu'elle permet aux faibles et aux forts d'avoir les mêmes droits. Voilà une idée naïve et belle, mais je préfère te voir démarrer dans la vie avec cette imagerie à l'eau de rose, plutôt que l'idée d'un chaos où les gardiens de l'ordre sont tour à tour amis et ennemis – et d'ailleurs de quel ordre s'agit-il, celui du plus fort ? Je ne me sens pas de descendre dans les profondeurs de cette rhétorique, pas maintenant, pas si tôt, pas à l'âge des gentils et des méchants, du blanc et du noir.

Sauf que les autres en bas, avec leurs matraques, ne m'aident pas beaucoup à maintenir l'esprit chevaleresque dans le camp de l'ordre.

Tu es finalement allé te coucher sur cette ambiguïté. Un peu de la complexité de la vie est venu se montrer sous tes fenêtres. Le lendemain, nous sommes allés en voir les restes. Des carrosseries noircies sur le trottoir. « Normalement, dans les films, elles auraient explosé », tu m'as dit. Décidément, ce soir-là, beaucoup de certitudes sont parties en fumée.

La conséquence de ces événements est que tu as contracté la peur du policier. La théorie du « montrer pour désamorcer » ne marche pas toujours. En tout cas pas avec la police. Dès qu'on en croise dans la rue, je sens ta petite main se refermer sur la mienne, et j'imagine tes petits cheveux se dresser. À vélo, lorsque je me risque avec toi dans un sens interdit bien anodin, c'est carrément la terreur de voir débouler un fourgon et des uniformes bleus, gilets pare-balles, qui nous plaquent au mur, en éructant comme des bêtes.

À ta décharge, je reconnais que tu as été témoin toi aussi de ce genre de méthode musclée. Un soir, rentrant de l'école sur notre vélo, les policiers avaient barré ta rue. Je nous approche du factotum, en jouant les casques bleus pour lui demander la raison de ce barrage. Tu as le temps d'apercevoir derrière lui les CRS poussant sans ménagement les gens de ta rue, parlant comme on aboie, et exigeant que tout le monde mette les mains sur la tête (la dernière fois que j'ai entendu cette phrase, c'était dans un film de guerre il y a longtemps, et les Japonais obtempéraient en tremblant) (bien fait !).

Or, les gens de la rue, tu les connais, toi. C'est Yaya, qui t'offre trente œufs de son élevage de poulets vivants à chaque passage, c'est le marchand de kebab qui te rajoute un ice-tea gratuit, c'est le boulanger qui te donne une pâtisserie du ramadam. Voilà, les gens de ta rue qu'on traite comme des Japonais cruels de la Seconde Guerre mondiale.

Je ne suis pas fier du visage que t'offre notre République, dont je voudrais pourtant qu'un jour tu partages les valeurs, inscrites au fronton de ton école. Sans oublier la fraternité.

EXPLOSIONS, tueries, tsunamis... Ton rythme ne faiblit décidément pas. Ta production de dessins d'épouvante reste à flux tendu. Je frémis à l'idée qu'une assistante sociale tombe sur tes dessins. Ne sont-ce pas là tous les symptômes de l'enfance maltraitée ? Je vais devoir ramer pour défendre ma théorie de l'exorcisme graphique.

Je me penche sur ton épaule, et me voici récompensé. Sur la feuille, tu dessines une princesse, avec une longue robe, des cheveux d'or, au bord de l'eau, sous un soleil radieux. Alors, l'assistante sociale ? Camembert !

Je m'éloigne, puis reviens voir la suite. Un tentacule gluant est sorti de l'eau et étrangle la fée dans un flot de sang.

La peur de l'uniforme ne te quitte pas. Même le slip de bain officiel du maître nageur. À la piscine, lorsqu'il s'est mis à siffler à l'encontre d'un perturbateur aquatique, tu t'es littéralement jeté dans mes bras, pour rentrer à la maison, alors qu'on venait d'arriver.

Jusqu'à l'uniforme du contrôleur SNCF, pourtant patelin, avec pour arme un poinçon et un gros carnet sous le bras. Rappelle-toi : je n'avais pas pu retirer notre réservation à la borne automatique de la gare du Nord, car le clavier refusait de saisir les « r » (Tout à coup une intuition à propos des CRS : et si à la suite d'un pernicieux bug informatique, la lettre « r » avait aussi disparu de leur label ? Le « r » de République ?)

En attendant, face à la machine à billets, je suis impuissant. Je reconnais bien la malédiction dont je suis victime avec les objets. Dans le film *Le Magnifique*, l'absence de « r » n'empêchait pas Belmondo de sauter dans l'« hélicoptè'e », mais moi impossible d'obtenir mon ticket et le train part dans une minute.

Je soumets le cas d'injustice au contrôleur grisonnant sur le quai. Il refuse d'entendre. Si je monte, je paie la surtaxe. Point. Le ton s'élève, car la défaillance, si je ne m'abuse, est du côté de la SNCF, de l'État français, de la mondialisation informatique incapable de fournir un alphabet complet, et dont, j'en suis sûr maintenant, les Compagnies ex-Républicaines de Sécurité ont été aussi les victimes.

Toi, tu te liquéfies, hermétique à la pertinence de mon combat pour le retour à l'humain. Tant pis, t'expliqué-je, on monte et on verra bien. Le « on verra bien » te terrorise plus encore, qui inclut l'hypothèse de se retrouver mains sur la tête en plein compartiment, à la japonaise.

Une fois assis (en toute illégalité), nous avons une discussion sur la légitimité de ma position. Tu es d'accord, mais tu penses qu'« il fallait rien dire ». Moi je pense qu'il faut parfois se lever et dire « non » comme le général de Gaulle, sinon c'est Vichy. Évidemment, pour toi, Vichy c'est l'eau gazeuse, et tu préfères le Coca.

À ce stade du débat, arrive le contrôleur grisonnant. J'hésite à t'infliger mon combat pour la Vérité qui se soldera à n'en pas douter par la défaite des militants pour un alphabet complet, libre et républicain. Et une amende. Et pour toi par la répression du bon droit. Spectacle peu stimulant pour quelqu'un destiné à assurer un jour la relève.

Je décide donc de ruser en avisant un autre contrôleur plus jeune, et plus au fait des aléas informatiques. J'évoque sur un ton affligé la fermeture d'esprit ontologique de son vichyste collègue, joue un peu sur le registre des anciens et des modernes, sur la gloire du service public dans sa résistance à la course au profit, et... J'emporte le morceau ! Ton père est un winner, mon gars. Pas de surtaxe.

Un clin d'œil au fiston, une tape amicale du contrôleur gaullien sur ton crâne blond et voilà comment on restaure un début de respect de la morale républicaine de même qu'une certaine conception rousseauiste de la loi protectrice des faibles, auprès des générations futures de ce XXIe siècle incertain.

JE PONCTUE chaque bon moment avec toi d'un « Hé ! Elle est pas belle la vie ? ! », un peu lourd, répétitif et plutôt didactique, mais cette façon de surligner le bonheur, au stabilo rose, laissera peut-être des traces sur ton grand cahier d'enfant. Au moins cette idée, plus subversive qu'elle n'en a l'air, que, hé !, la vie est belle, et que c'est pas fini !

J'ai trop vécu dans ma propre enfance des instants de bonheur que je ressentais illégitimes ou menacés. Peut-être parce que dans le Pas-de-Calais, ma terre natale, quand il fait soleil, c'est parce qu'il va bientôt pleuvoir.

À L'ÉCOLE, tous les lundis matin, il y a le « Quoi de neuf ? ». Chacun raconte à la classe un événement de sa vie. Souvent les « Quoi de neuf ? » se résument à une visite chez la grand-mère en banlieue.

Nous, on vient de voir *King Kong*. L'héroïne se fait capturer par une tribu de fanatiques aux yeux révulsés, sur une île inconnue, puis donner en offrande à un singe gigantesque, qui ensuite la sauvera de justesse des mâchoires de tyrannosaures en furie.

Nous tombons d'accord tous les deux pour dire que cette dame, elle aura vraiment des trucs à raconter à son « Quoi de neuf ? » du lundi matin.

TOI ET MOI, nous nous sommes constitué une petite bibliothèque de DVD. Ton doigt file sur la tranche des jaquettes puis s'arrête. Voilà, c'est ça que tu as envie de voir. Tu t'installes pour la séance, la jaquette précieuse entre les mains pleines d'images alléchantes. Le titre, les acteurs... Le film a une identité. Ce n'est pas un robinet d'images déversées par l'écran, dans la plus totale confusion. Tu sais ce que tu veux. Tu sais ce que tu aimes, ou pas. Ta faculté de choix et de décision s'exerce, loin de l'anesthésie cathodique.

J'essaie de faire mousser l'événement, baissant la lumière (comme au cinéma, tu adores ça), annonçant le titre du film avec des effets de manche, voire mimant approximativement le générique de la 20 th Century Fox de mon enfance, avec ses roulements de tambour et ses projecteurs qui zèbrent le ciel. On le voit, je ne suis pas contre un peu de mise en scène du film lui-même, de l'« instant cinématographique », quand la consommation télé a tendance au contraire à tout niveler.

Et tu t'installes pour une heure et demie d'une attention pleine. Pour l'instant, tu ignores encore tout du zapping, qui fabrique des enfants au regard stroboscopique et à la conscience intermittente.

Quand ton doigt s'arrête sur un vieux Belmondo, il n'est pas rare que je me laisse aspirer par la faille spatiotemporelle. Encore une après-midi de foutue ! Quoique... Qui avait-il aujourd'hui de plus urgent que de suivre l'*homme de Rio* dans la jungle brésilienne ?

CES FILMS, tu les reverras des centaines de fois. Comme tes livres. Combien de fois ai-je relu mes albums de Tintin, jusqu'à un niveau de familiarité troublant. Cet univers devenait le mien, j'y étais définitivement chez moi, en pantalon de golf. À l'opposé de la course sans fin à la nouveauté, la répétition, la relecture, le revisionnage possèdent une vertu plus subtile : ils nous font pénétrer les arcanes d'une œuvre, ses codes, ses figures, jusqu'à faire de nous un peu les auteurs, surfant sur la dramaturgie, anticipant les peurs et les surprises, sans en être les jouets, mais bel et bien les complices.

Et que Belmondo saute encore longtemps dans la décapotable rose avec étoiles vertes à la poursuite des trois statuettes. Chaque fois, toi et moi, on sera sur la banquette arrière.

AUJOURD'HUI, je suis allé à ton école, t'y apporter des affaires de sport oubliées. Tu es à la cantine. C'est l'escalier à droite. Juste avant de pousser les portes, je te cherche des yeux par le hublot. Là-bas, table du fond, au milieu de tes copains, tu fais l'imbécile. Cette scène pourtant anodine me déstabilise. Je réalise que c'est l'une des rares fois où je te vois exister sans moi. Tu n'agis pas sous mon regard. Tu es toi-même, en dehors de moi.

Je vois bien ce qui provoque ce léger vertige : ce sont les prémices du grand déchirement. Ce jour où tu seras pleinement effectivement autonome. Sans mon regard, sans mon bras, sans mon appui. Une vie propre, qui est quand même, ça me revient en pleine face, l'aboutissement d'une enfance réussie.

Cette prémonition, au travers d'un hublot de cantine, me démontre à quel point je ne suis pas prêt à couper ce cordon père-fils. Ta mère l'a fait à ta naissance. Il faudra en avoir le courage, pour ta deuxième naissance, hors de nous.

Souvent, tu me consultes du regard, pour savoir si tu as fait le bon choix. Si j'approuve, (oui tu as le droit de ressentir ça, oui c'est une bonne idée ce que tu fais), alors tout est en ordre, tu fonces.

Je m'interroge quand même sur ce fameux jour où il faudra te lâcher la main au-dessus du vide. N'ayant moi-même pas connu ce moment d'apesanteur, pour cause d'absence paternelle, tu le sais maintenant, je redoute d'ouvrir les doigts trop tôt ou trop tard. Je te vois pédaler dans le vide comme le coyote des dessins animés qui n'a soudain plus la terre sous les pattes.

PUISQUE C'EST MON QUART D'HEURE PONTIFIANT, voici le résultat de mes recherches sur la manière de me situer. (Accroche-toi, c'est du lourd.)

— Être présent sans être envahissant ;
— Aider sans suppléer ;
— Être un repère et non une référence.

TU AS PENSÉ UN JOUR que j'étais devenu fou (tu ne me l'as avoué que bien plus tard). C'était à un mariage. Je n'aime pas trop les mariages qui sont pour moi le lieu de toutes les conventions. Au lieu de la rituelle photo de mariage, j'ai proposé, dans cette petite mairie de campagne, de faire une... photocopie de mariage.

Tout le monde, mariés compris, s'est donc écrasé le visage sur la photocopieuse du maire, et sous tes yeux effarés. Ces images noir et blanc d'yeux froncés et de nez tordus étaient pourtant du plus bel effet, bien plus fortes que la statique photo de bonheur officiel. On aurait dit une assemblée de gnomes farceurs.

J'ai hâte qu'on s'invente une connivence de lutins espiègles dès que la vie nous semblera trop empesée, trop pétrie de ces conventions dont pour l'instant tu as tellement besoin.

À UNE AUTRE OCCASION, tu as bien cru que tous les grands avaient subitement perdu la raison. Le premier réveillon du 31 décembre auquel tu participais. Quelqu'un a dit qu'il était minuit et tu nous as tous vus, sans aucune raison, nous embrasser. Même les hommes entre eux ! Mais pourquoi donc ? ! Spectacle totalement insolite pour toi, le seul enfant (le seul épargné par la folie), assis sur les marches de l'escalier, étranger à cette frénésie buccale.

On avait tout simplement oublié de t'avertir de cette coutume ancestrale, toi qui, les autres années, dormais à poings fermés. Tu y as sans doute vu une espèce de phénomène d'envoûtement collectif, comme les sept explorateurs découvreurs de la momie Rascar Capac, sur leurs lits d'hôpital, dans *Les Sept Boules de cristal*, agités de mouvements désordonnés, chaque jour à la même heure.

TU DEMANDES : « Est-ce que Suzie peut encore faire de la luge avec moi, avant de prendre son train ? » La mère de Suzie : « Non, ses affaires sont déjà dans le sac. Et puis après elles seront mouillées. » Mon sang ne fait qu'un tour. (Bon, c'est mon quart d'heure anti-parental. C'est l'enfant que j'étais qui vide son sac.) Sans doute ce propos raisonnable m'a-t-il renvoyé trente ans en arrière. À cette impuissance face au raisonnement sans appel des adultes.

Moi, je vois que Suzie a encore largement le temps de faire de la luge avec toi, on s'en fout, on peut ressortir les affaires du sac ! De la luge, bon sang, ça vaut le coup de fouiller deux minutes, et puis après on mettra les affaires mouillées dans un sachet en plastique, je sais pas moi, il y a dix mille solutions, allez on fonce dehors ! Hardi !

La mère de Suzie campera sur ses positions. On ne rouvrira pas la valise. Point. Voilà ce que je ne veux pas être, me dis-je en mon for intérieur, jurant sur mon épée comme un chevalier du Moyen Âge. Un parent raisonnable. Un parent qui édicte des impossibilités sans appel. Je veux être un parent du tout possible, toujours. Rien n'est jamais foutu, on va trouver la solution, trouver le moyen de pouvoir faire, plutôt que celle de ne pas faire. Le sac, il suffit de l'ouvrir, bon Dieu ! Dedans il n'y a pas seulement des habits soigneusement pliés, il y a au moins une heure de luge !

UNE EXCELLENTE NOUVELLE : à l'école, tu joues au foot avec les grands. Ils t'ont accepté dans l'équipe. Même que tu as marqué un but, et qu'ils sont tous venus te féliciter. Quoi ? Quoi ? Répète-moi ça ! Un délicieux frisson me parcourt l'échine. Toi, mon fils, ma bataille. « Ben, ils m'ont félicité. » Pardon, mais raconte-moi ça encore, avec les détails. Comment tu l'as marqué, ce but ? Et alors ils sont venus vers toi, ils t'ont félicité, OK mais comment ? Ils t'ont embrassé peut-être ? Pourquoi pas projeté au sol puis recouvert d'une montagne humaine, comme dans les matchs à la télé ? Non, bon, juste félicité. C'est bien, déjà.

Je me surprends en flagrant délit de jouissance par procuration. Bien sûr, parce que je t'ai formé à l'art footballistique. Un peu du mérite rejaillit sur mes épaules. Mais aussi parce que c'est bien mon honneur que tu viens de sauver. D'un coup (de pied), tu as vengé ton père, lavé l'affront de toutes ces années passées à ne pas être accepté dans les équipes de cour de récréation, ou alors dans les buts. Ou peut-être à l'arrière. En tout cas, jamais félicité, de mémoire de petit footballeur timide.

Ces tapes amicales entre les omoplates, « bravo p'tit ! », ont mis quarante ans à me parvenir, après une courte escale sur ton dos.

« Les enfants, surtout ne cueillez pas les framboises ! Si un renard malade a uriné dessus, il va vous transmettre sa maladie ! » Ça c'est Sophie qui parle à ses deux enfants. Nous sommes en balade dans la forêt. Et toi tu écoutes, abasourdi. Ces framboises, toutes roses, que tu dévorais à pleine bouche sur ton chemin, soudain frappées d'un interdit. La malédiction de la pisse de renard.

Sophie, je l'ai souvent entendu parlé ainsi, proférant des anathèmes sur la nature, égrenant la liste impressionnante des microbes en embuscade, prêts à fondre sur nous à la moindre erreur. Ses enfants ont les oreilles farcies de menaces sur leur santé, à chaque coin de rue, et surtout de forêt. Cette hypocondrie (bénigne), héritée je crois d'un père médecin (chasseur de microbes professionnel, donc), elle est tranquillement en train de la refiler à ses enfants, comme un microbe justement.

J'ai une autre amie, Mireille (par respect pour les familles, les prénoms ont été modifiés), qui assène à sa petite fille toute une série d'interdits, assortis de la description des conséquences fâcheuses en cas de transgression : blessure grave, empoisonnement, membres coupés, chutes systématiquement mortelles. L'intention (louable) est la survie des enfants.

Au risque de paraître irresponsable aux yeux de mes deux amies sus-non-nommées (elles ne se reconnaîtront pas, ouf !), je persiste tant que je le peux à ne pas vouloir de cet avenir pour toi. De cette double menace extérieure (cruauté du destin) et intérieure (attaque microbienne). À ce monde légèrement anxiogène, prétendument pour votre bien, je préfère le mythe d'un éden terrestre. Avec les déceptions qu'il entraînera nécessairement. Je préfère ta bouche hilare barbouillée de framboises sauvages, et tant pis pour le mal de ventre, que de déverser sur toi l'urine de renard de mes propres peurs.

J'AIME CETTE IDÉE qu'un enfant n'est pas une petite chose fragile lâchée dans le grand chaos du monde, totalement dépendant de ses parents pour sa survie. Le sentiment du danger permanent ne peut que générer du stress parental, une trop lourde responsabilité : « Je t'ai donné la vie, j'en ai désormais la charge, s'il t'arrive malheur, c'est ma faute. » Résultat : un surcroît de peur placée sur toi, étouffant, paralysant, et finalement aussi dangereux que le danger lui-même.

J'ai envie de croire qu'un enfant a une force de vie en lui, supérieure à ce qu'on imagine. Qu'il a un destin autonome du nôtre. OK, je n'ai pas de preuve. D'accord, je me trompe souvent. J'ai malgré tout la conviction que mettre trop d'inquiétude sur tes épaules, c'est interférer inutilement. Cette « force de vie », on peut l'augmenter avec notre confiance ou la diminuer de notre doute.

Comme cette autre mère amie (salut Christiane !), téléphonant à son fils en voyage à l'autre bout du monde et dont elle n'avait pas de nouvelles. « Arrête d'avoir peur pour moi, lui a-t-il répondu, tu me mets en danger ! »

ET PUIS AUSSI cette idée déplaisante que nous t'aurions « donné la vie ». Quelle prétention ! Et la porte ouverte à tous les abus. Tu n'es pas notre propriété, ni notre création. La formule la plus juste est que tu es un passager. Un voyageur en transit dans notre vie, qui vient peut-être de bien plus loin que nous, et qui ira sans doute bien plus loin aussi.

MOI QUI SUIS, pour le bricolage, affublé de deux bras gauches, je ne me serais pas cru capable de construire un igloo. Simplement parce que ce matin-là, devant le manteau neigeux autour de la maison, tu as arrondi tes yeux en formulant ce vœu à ton bon génie, prisonnier de sa doudoune : « J'aimerais trop un igloo ! » Que voulais-tu qu'il fît, ton bon génie ? Qu'il s'empare d'une pelle et en route pour la banquise. C'est son boulot.

Mais bon, pas trop sûr de lui, le génie. Car ne disposant pas de toute la technique Inuit en la matière. Ta mère, dès la première chute de neige était un jour partie te sculpter dans la glace au moins l'Arc de Triomphe. Même si ces flocons tout légers, tout mous, permettent, au mieux, n'importe quel Esquimau te le dira, de construire un misérable petit tas informe. Ta mère, qui n'a pas l'orgueil du bâtisseur, s'en est sortie avec un fou rire.

Il en va tout autrement de moi. Je suis investi de ton rêve d'igloo. Je n'ai pas le droit d'échouer. Il m'a donc fallu trouver une neige plus profonde, creuser carrément une carrière, une petite entreprise de travaux publics en milieu hostile. Puis charrier les gros blocs neigeux selon un procédé dont je garderai le secret, comme les constructeurs de pyramides. Motus. Travailler l'inclinaison de chaque bloc de manière à créer l'arrondi. Sculpter, de-ci de-là, les finitions.

Résultat : livraison du bâtiment clé en main dans la matinée. Un igloo avec tunnel d'entrée, et quasiment coin-cuisine et salle de séjour. Je pouvais regagner ma bouteille de génie, fourbu mais content. À moins que tu n'aies un dernier vœu ? « J'aimerais trop qu'on puisse encore jouer dedans, quand on reviendra cet été. »

UN MATIN, tu arrives dans la chambre parentale, la mine défaite, un maigre sourire malgré tout. « Papa, maman, j'ai une mauvaise nouvelle. » Ce préambule posé, tu inspires profondément. « Il va y avoir une petite fin du monde. » Nous sentons que tu essayes de nous ménager. Et parvenons à te faire concéder qu'une « petite fin du monde » est quand même une fin du monde, que ça n'atténue en rien la gravité de ce que tu veux nous annoncer.

« Alors voilà », dis-tu en sortant ton livre d'astronomie de derrière ton dos, « j'ai lu que le Soleil allait s'éteindre. Et que ça serait fini pour la Terre. Voilà. » Tu ponctues en haussant les épaules, pour dire « désolé, je ne voulais pas vous bousculer en ce dimanche matin radieux, mais les faits sont là, incontournables, tout a une fin, chers parents, j'ai été très heureux avec vous. »

Ma remarque sur ce détail, tout de même non négligeable, que le soleil allait s'éteindre, certes, mais dans cinq milliards d'années, ne te console pas. Cet horizon planétaire soudain barré d'obscurité assombrit ta propre vie, lui inflige une limite, même lointaine. Cette vie qui te semblait en expansion infinie, comme les galaxies de ton livre d'astronomie, réduite soudain à cinq malheureux milliards d'années. À bien y réfléchir, c'est presque pire que l'urine de renard.

Tu m'as glissé un petit mot entre les draps, sur un papier plié en huit. « Papa, je t'aimera jusqu'à la fin du monde. » Cet engagement ne semble pas avoir été pris à la légère. Car tu connais maintenant le délai de la fin du monde. Il va te falloir tenir. Te voilà lié pour un moment. À la moindre incartade d'ici les cinq prochains milliards d'années, je te ressors le petit papier pour faire valoir mes droits. Compte sur moi.

C'est une image que je garde de ton enfance, je ne sais pas ce qu'elle vaut : tu te brosses les dents tout nu dans la salle de bains, et ton zizi bouge en rythme. Voilà. Désolé.

J'ai obtenu (ne me demande pas comment) deux places au Stade Vélodrome. Ça vaut de l'or. Pour le match de gala OM-PSG. Tu ne réalises pas bien le cadeau, inconscient que tu es des grands enjeux de ce monde, mais peu importe. Au guichet, nous court-circuitons la file d'attente grâce à nos billets d'invités, accédons directement à la tribune présidentielle, en plein centre, vue imprenable, avec écrans de contrôle. Au beau milieu d'un parterre de VIP, petits fours à la mi-temps et repas ensuite dans la loge présidentielle. Je me demande soudain si je te prépare à la vraie vie.

Moi, j'ai vécu mon premier match debout derrière les grillages du stade de Lens. Il fallait arriver au moins quatre heures avant pour n'être pas trop mal placé. C'était un public de mineurs et d'ouvriers. On mangeait un sandwich, serrés les uns contre les autres, il pleuvait, et je me demande même si Lens n'a pas perdu ce jour-là. Je trouve d'ailleurs que nos deux premiers matchs sont assez symboliques de nos deux démarrages dans la vie.

En descendant sur la pelouse, tu mesures mieux l'ampleur du privilège. Car on t'emmène derrière les buts, chance exceptionnelle, à deux pas des joueurs qui s'entraînent. Tu jettes un œil effrayé sur la masse des supporters comprimés par les grilles, quand toi tu trottines librement derrière une charmante hôtesse.

Et là tu vois... Fabien Barthez. Le même que celui de la télé, et, plus encore, celui qui est aimanté sur ton frigo (cadeau de la Vache-qui-rit). Le détail qui te fait toucher du doigt le caractère exceptionnel du moment. Du match lui-même, tu ne retiendras pas grand-chose (le lendemain, tu raconteras même que tu as vu « OM contre Marseille »). Mais, toi, le petit Parisien, tu garderas une sympathie définitive pour Marseille, tout comme moi je suis un supporter indécrottable du Racing Club de Lens, bien après mon départ de la région, pour être tombé dedans quand j'étais petit.

J'aime cette souplesse d'esprit, cette hauteur de vue, je dirais même cette manière de survoler les paradoxes, de tenir ensemble les extrêmes sans y succomber qui est la marque des grands génies : être Parisien et supporter de l'OM, l'eau et le feu, Beatles et Rolling Stones, sucré-salé, ceintures et bretelles. Tout embrasser du même regard plissé, détaché des contingences. Être partout libre des formes. Tu seras un Homme, mon fils.

CETTE CONTRADICTION FONDAMENTALE te reviendra en pleine face. Dans un magasin de sport du boulevard Barbès, nous cherchions un maillot de football. (Je t'en avais déjà acheté un cet été, mais ton copain Paul, titulaire du numéro 7 « Beckham », Real Madrid, t'a fait remarquer d'une légère moue, que « c'était pas le maillot d'une vraie équipe », moyennant quoi, la chasuble bleue avec un vague écusson illisible est retournée au fond de l'armoire. Bref.)

Donc, le vendeur s'avance tout sourire : « Un maillot de foot, oui, quelle équipe ? PSG ? L'équipe de France ? » et toi, tout sourire aussi : « Non, l'OM. » Crispation du vendeur : « Non, le PSG on a, l'OM on n'a pas. » Et de disparaître. Surprise de ta part. Pauvre enfant qui croit encore à un monde d'harmonie et de fraternité. Toi qui penses (comme ton père) que le ballon rond unit les hommes autour de la même passion.

Sachant cela désormais, mon fils, fait ton chemin : Droit au but, selon la devise marseillaise, mais *Fluctuat nec mergitur*, comme le proclame l'écusson parisien. (Et ressort de l'armoire le maillot œcuménique de cet été, ça me coûtera moins cher.)

— ON VA JOUER AU FOOT dans la cour en bas, Antoine ?

— Bon, ben, oui...

— Quoi ? Ça n'a pas l'air de t'enthousiasmer. Tu adores ça d'habitude ?

— C'est pas ça, mais la cour en bas, ça me paraît petit depuis que j'ai été au Stade Vélodrome...

QUE FAIRE DE TA DÉCEPTION quand j'ai épuisé mon grand sac de possibles ? Plutôt que d'essayer à tout prix de te l'éviter, par mes gesticulations stériles, et finalement de l'augmenter en étant moi-même déçu que tu sois déçu (spirale sans fin), je ferais mieux de t'aider à l'accepter.

La déception fait partie de la vie, eh oui p'tit gars, regarde-la en face. Oui, ton jouet préféré est cassé, oui la séance de ciné de 16 heures est complète. C'est sans doute ce que je devrais faire en te tapotant la tête, t'offrant en modèle, mon visage impassible de l'acceptation du destin.

Tu parles ! Me voilà cherchant l'impossible pièce manquante qui fera redémarrer ta grue télécommandée (sans succès bien sûr), ou exigeant de la caissière qu'elle nous laisse entrer voir le film, on se mettra sur un strapontin, ou par terre, (avec encore moins de succès, dégagez monsieur, j'appelle la sécurité).

Et c'est presque toi qui viens me tapoter la tête, l'air de dire : « Allez, elle est quand même belle, la vie ! »

ÇA SE CONFIRME : cet amour, cette sur-présence parfois, est un lent travail de réparation d'une autre enfance, privée de père. Une tentative pathétique d'auto-consolation. Tu vois, rien de glorieux. Rien d'héroïque.

Chaque fois que j'en prends conscience, j'essaie de t'épargner ces vieilles lunes paternelles. Mais la tentation réparatrice est toujours tapie dans la boîte noire, diable prêt à jaillir sur son ressort.

En attendant la fin du monde...

C'EST LE GRAND JOUR : on prend l'avion pour le Canada ! Ton premier grand voyage. Dans l'avion, ta principale interrogation concerne le décalage horaire. Insensible au charabia sur les fuseaux et le sens de la rotation de la Terre, ta vraie question est : quand est-ce qu'on passe du jour dans la nuit, hop d'un coup, comme on éteint la lumière ?

Le lendemain d'un jour qui a duré trente heures (mais au contraire comme si on n'avait pas éteint la lumière, ce qui est moins spectaculaire), nous sommes à Québec. Le Saint-Laurent qui charrie encore ses glaçons, les monumentales chutes de Montmorency, qu'on survole d'une passerelle, les buildings du centre-ville... Fin de la journée. Alors, c'est différent de la France, hein ? Qu'est-ce qui t'a frappé le plus ? « C'est les robinets des lavabos, pas du tout pareil que chez nous. »

Je commence à être habitué à ta vision microscopique des choses. À Montréal, tu m'as refait le coup. J'avais le souvenir d'un belvédère sur le mont Royal, d'où on surplombe la ville. Un panorama de buildings vraiment impressionnant, pour un petit Parisien vivant au deuxième étage. J'ai retrouvé l'endroit. Derrière les derniers arbres du parc s'étale la perspective d'une mégapole typiquement nord-américaine. C'est bon, tu as l'air bluffé, on n'est pas montés à pied pour rien.

Mais deux minutes plus tard, ton regard est attiré par un bruit dans les fourrés. Deux écureuils s'enfuient. Et là-haut, sur cette espèce de petit toit du monde moderne, tu ne détacheras plus ton attention des petits mammifères bondissants, tout ému de leurs frimousses, de leur espièglerie à venir manger jusque dans ta main. Les panoramas les plus gigantesques ne pourront jamais rivaliser dans ton cœur avec de sautillantes boules de poils.

CETTE ANNÉE, nous sommes très en retard pour fêter Pâques. De tes questions répétées sur le passage des cloches, je m'étais sorti d'affaire en te répondant qu'elles passeraient plutôt au-dessus de notre maison d'Ardèche. Pour elles, c'est plus pratique. Or nous y voilà, il va bien falloir sacrifier à la cérémonie des œufs soi-disant tombés du ciel. (Que tu continues à croire à cette fiction invraisemblable me sidère presque plus qu'à celle du Père Noël par la cheminée, à égalité avec la souris qui t'apporterait des bonbons, grâce à une simple dent de lait placée sous l'oreiller – on nage en plein délire.)

Problème : comme nous sommes largement hors délai, aucun supermarché local ne propose encore de ces œufs enturbannés et autre poules en chocolat, que les cloches en provenance de Rome (sic) ont coutume de lâcher sur nos contrées (sans que tout se fracasse au sol, on voit comme c'est crédible !). Profil bas, je me rabats sur des articles moins saisonniers et présentant une vague ressemblance : Kinder surprise, M&M's, et autres confiseries vaguement ovoïdes. Une supercherie dans la supercherie, allez, je ne suis plus à ça près !

Deuxième phase : disperser savamment alentour de la maison les petites tâches colorées, hors emballage, selon un parcours exponentiel, les plus grosses surprises vers la fin.

Troisième phase : te proposer une petite balade en forêt, impromptue, et légèrement orientée vers le prétendu terrain d'atterrissage des œufs de l'espace. Ton œil, probablement équipé d'un viseur infrarouge détecteur de friandises dans un rayon de vingt mètres, ne rate pas l'affaire. Exclamation immédiate à la première minuscule tache colorée : « C'est Pâques ! » (Bravo, brillante déduction !)

Ta bouille réjouie me console de ma petite entreprise d'escroquerie au surnaturel. Tu as l'air si heureux de ce don du ciel que, pourquoi pas ? Car cette magique apparition (le matin même tu es passé par là, il n'y avait rien, tu me le jures !), est aussi importante que les bonbons eux-mêmes. Tu baignes dans une atmosphère de générosité immanente, et cette idée de la douceur du monde à ton égard me libère des derniers scrupules.

Tu es en passe de les avoir tous trouvés. Même l'œuf coincé dans une branche de l'olivier. Du coup, je trouve ça un peu court. Tu as l'air de tellement t'amuser. C'est alors que l'escroc fait un retour en force : je te demande d'aller voir où est ta mère en laissant le panier là. Et pendant ton absence (honte sur moi !), je reprends quelques friandises et les sème plus loin, agrandissant d'autant le parcours. Oups, juste à temps, tu es déjà de retour.

Soudain, tu fixes la branche de l'olivier. Les gouttes de sueur perlent à mon front, je réalise mon erreur. La faute professionnelle : j'ai remis un œuf à la même place, coincé dans la même branche. Quel crétin ! Toi (évidemment) : « Mais... je l'ai déjà trouvé celui-là ! » A cet instant, tout le système s'effondre, c'est la faille. Quelqu'un a donc remis l'œuf dans ton dos. Cet œuf, et donc aussi TOUS les autres ! Mais qui ? Le coupable est tout désigné, il est seul avec toi, et en plus il bredouille comme un coupable. Le masque va tomber.

Dans une seconde, la grande arnaque va être découverte, et derrière celle-ci, toutes les autres, forcément, le Père Noël, la petite souris, la confiance en un monde bienveillant, les bases de ton univers enfantin, ton enfance peut-être elle-même, fauchée dans son innocence par la violence du mensonge, et au bout de la ligne de dominos entraînant la chute les uns des autres vers le vide, il y a l'image du père, la référence ultime, fracassée au sol, parmi les œufs. Un Kinder-mauvaise-surprise.

Et pourtant voici ce que furent tes mots : « Alors là, ils sont farceurs ! » Et tu as empoché l'œuf ressuscité et repris ta route. « Si ça se trouve, dès qu'on sera partis, ils vont en remettre. » (D'ailleurs, au cours du séjour, tu es souvent revenu là, observant le sol, dans l'idée que les farceurs magiques n'en avaient pas fini avec leur blague à tiroirs.)

J'ai donc aussi survécu à ce jour de Pâques. Mais j'ai senti le vent du boulet, plus près encore. Tu as quand même eu un sursaut de rationalité en quittant les lieux : « Pourtant, on n'a pas entendu les cloches, la deuxième fois... ? ! »

Moi, si ! Le gong qui m'a sauvé.

Bientôt huit ans !

Le métier de crocodile

La maison de ta grand-mère Catherine, c'est une vraie maison de grand-mère. Tout est étrange : ces meubles chantournés, avec des biches incrustées, les tableaux en canevas, les bibelots partout, les appliques murales invraisemblables. On est sur la planète Mars. Tu adores ! « J'aime tout chez mamie Catherine ! »

Tu sais, moi, j'ai vécu là tout une vie d'enfant (une éternité !), et je n'y voyais rien d'extraordinaire. C'était l'intérieur normal d'une maison normale, comme partout sur la planète. Maintenant que je la revois par tes yeux, je réalise qu'on est un peu chez le facteur Cheval.

Par-dessus tout, ce qui te fascine dans la caverne d'Ali Baba de mamie Catherine, ce sont les tiroirs. Tu en ouvres un, tu pénètres dans un univers fascinant. Il faut dire que mamie Catherine répond à toutes les propositions sans obligation d'achat des catalogues par correspondance : ses armoires sont pleines de montres-boussoles, de lampes de poche-loupes, de peignes à poux télescopiques.

Dans les chambres, c'est encore plus mystérieux. On ouvre une table de nuit, et c'est le désert du Sahara qui déboule. Une vieille boîte de balles de tennis des années cinquante contient un lézard ramassé et conservé par mon père, pendant la guerre d'Algérie. Dans une boîte de cigares, tu tombes sur un énorme scorpion. Une faune qu'on ne s'attendait pas à trouver chez une vieille dame du Pas-de-Calais. Ma mère garde ainsi les traces de son défunt mari, entre les livres d'algèbre de mon grand frère, et les poupées traditionnelles du Poitou-Charentes sous globe.

Toi qui es pour moi un petit accès au merveilleux, tu vas chercher le tien... chez ma mère ! Surprenant retour vers le futur, curieuse boucle familiale qui se boucle. Il ne me serait pas venu à l'esprit de chercher ici la grande porte vers l'inconnu sauvage. C'est ton regard à nouveau qui me l'a montrée. Et pourtant j'avais le nez dessus. Je me fais l'effet d'avoir été le Tintin du *Secret de la Licorne* partant au bout du monde chercher un trésor qui était là, sous ses pieds, dans les caves de Moulinsart.

JE TE SUIS DANS L'ESCALIER qui tournicote vers la salle de bains, j'ai l'impression de me suivre. Assis dans cette baignoire sabot, dont je n'ai jamais revu aucun modèle semblable lors de mes multiples voyages, et qui a abrité mes bains forcés du samedi soir des milliards de fois, tu lèves la tête vers moi, tout nu comme je le fus des milliards de fois (mais toi, l'air de trouver ça rigolo !).

Tu files vers ma (notre) chambre, directement aux endroits qui m'attiraient comme un aimant : ma collection de soldats de Napoléon (un soldat offert par sachet de la crème Impérial, la bien nommée, des milliers de desserts à la vanille pour reconstituer l'armée d'Austerlitz). Ma collection de *Pif gadget* (période Pifitos, la meilleure). Tu veux que je t'en lise ! ? Et puis quoi encore ? Pour tomber dans la fameuse faille temporelle et rester prisonnier éternellement de mon passé ? Non merci.

LE LENDEMAIN, le vertige de te voir marcher dans mes traces ne faiblit pas : nous nous retrouvons à une fête foraine. Bon sang, mais c'est une conspiration ! Le même ciel gris pluvieux, les mêmes manèges antédiluviens, les mêmes maisons de briques rouges, et les mêmes trognes du Pas-de-Calais endimanchées. Quarante ans plus tard ! Et toi, dans ton avion en tôle des années soixante, souriant dans les airs.

Ça y est, j'ai compris : c'est une vaste reconstitution historique destinée à me faire vaciller.

Honnêtement, c'est bien fait. Et puis, on y a mis les moyens, je suis touché. À l'époque de mes feuilletons télé, j'avais déjà vu faire ça : dans *Mission impossible*, ils avaient entièrement reconstruit un décor ancien pour faire craquer le coupable. Il avait craqué.

Moi je tiens bon, mais tout juste. Souvent, c'est toi qui as peur que je t'abandonne. Cette fois, ultime clin d'œil de ce week-end de renversement, c'est moi qui te serre la main. Ramène-moi chez nous !

AU COURS DE CE SÉJOUR (décidément déclencheur !), je réussis à parler à ma mère. Je découvre ce qu'a pu être son enfance à elle (eh non, je n'avais jamais posé la question). À ton âge, elle perdait son père, sans savoir vraiment comment ni pourquoi. Elle se souvient juste qu'on l'avait posée, elle, sur un meuble, oubliée, tandis que de l'autre côté des tentures noires les voisins venaient saluer le cercueil.

Puis, sa mère en noir toute sa vie, la traînant loin de la ville chaque année au moment de la foire aux manèges, pour ne pas entendre la musique joyeuse, incompatible avec le deuil permanent dans lequel elle l'enterre elle aussi. À sept ans.

Grâce à toi, je sais ce que c'est qu'une vie à sept ans. Je connais tes envies, tes attentes, ta soif de vivre. Ma mère devait avoir les mêmes. Grâce à toi encore, je la regarde autrement. Comme une miraculée.

RETOUR À PARIS. Coup de fil de ma mère. « Ça y est, j'ai débarrassé ton armoire, comme tu m'avais dit. » Hein ? Quoi ? Quelle armoire ? Tous mes livres ? Ma collection de *Pif gadget* ? ? ! ! « Oui, oui, comme tu m'avais dit. » Je n'avais jamais dit ça, mais ma mère qui a des problèmes d'audition a cru l'entendre. Je ne contredis pas. A quoi bon ? J'accuse le coup. Ma collection de *Pif gadget*, période Pifitos (la meilleure), à la poubelle. « Ils ont tout emporté d'un coup, t'aurais vu ça. » Oui, merci du détail. Ne pas te dire la mauvaise nouvelle, toi qui te promettais de les retrouver la prochaine fois, surtout ceux avec Rahan.

Rahan à la déchèterie (quel titre !), tout comme mes petits soldats ont un jour fini dans les égouts à la suite d'une fausse manœuvre de ma mère. Ma mère, spécialiste du deuil, qui trouve le moyen radical d'accélérer le mien. Je l'en bénirai un jour. (Pas tout de suite.)

JE ME DÉPÊCHE DE VIDER mon sac de blagues idiotes. Sur toi, elles marchent encore. Jeux de mots imbéciles et « monsieur et madame ont un fils » tirés par les cheveux. Je ne redoute pas la honte pour mes facéties langagières, tu es le meilleur public du monde. D'abord, tu répètes la blague, en te creusant le crâne, puis tout à coup ton visage s'éclaire, eurêka, grosse rigolade incrédule, suivie d'une forte admiration pour le blagueur professionnel, le magicien des mots. (Je précise que, par souci éthique, je ne te livre que des créations personnelles.)

J'imagine que toute personne en dehors de toi (et de ta mère, c'est vrai) accueillerait la prouesse verbale d'un haussement d'épaules consterné. Toi, c'est un rire cristallin et sans arrière-pensée, sans jugement et sans références humoristiques. Succès facile, je sais, j'en profite avant que tu ne rejoignes la tribu des hausseurs d'épaules.

Monsieur et madame « dîne dans du papier journal » ont un fils ? Jean-Balthazar. Celle-là, tu as mis trois bons mois avant de la comprendre. Toujours ça de gagné.

AUJOURD'HUI, c'est le grand jour de l'inauguration de la grange. Dans notre maison d'Ardèche, il y avait ce corps de ferme attenant, délabré, plancher pourri. Qu'en faire ? J'ai laissé tout le monde spéculer sur l'hypothèse d'y construire des chambres, avec salle de bains, pour visiteurs de passage, et autres projets coûteux et peu excitants. Avant de proposer mon idée : un plancher et quatre murs nus. Imbattable au niveau du budget. Inattaquable dans l'esprit : il s'agirait de... hum... une salle de sport pour toi, où tu pourrais jouer au... euh... football, par exemple. Éventuellement, je ferais le partenaire, puisqu'il faut au moins être deux.

Bon, personne n'a été dupe, et j'ai fini par l'avoir ma (ta) salle de sport. Un vrai rêve de gamin, mais celui-là se réalise ! Regarde ça : une salle où tu peux taper dans le ballon comme un malade, il ne quitte jamais le terrain, revient toujours en jeu grâce aux quatre murs. Un genre de mouvement perpétuel. Pas de problème de vent, de pluie, de froid (les ennemis du footballeur). Et on peut jouer jusqu'à la nuit tombée (éclairage électrique). Hé ! C'est pas le paradis ? Elle est pas belle la vie ?

Avant d'atteindre ce nirvana footballistique, ton père, enfant, a beaucoup souffert. D'abord, il jouait seul, trop timide. Dans les pires endroits : une cour d'un mètre carré, entre les vélos et la bouteille de gaz, contre le mur d'un parking, entre les flaques d'eau d'un terrain vague, sur le sable mouillé d'une plage du Nord, quand la mer se recule de trois kilomètres et que le vent emporte la balle en plastique au diable. Bref, le Cosette du ballon rond.

Voilà, on a le droit de vivre ses rêves, le paradis est sur Terre, Dieu existe et le Père Noël aussi. Pardonne mon enthousiasme. Ouf ! Le tien n'est pas moindre. Tu n'en reviens pas de courir en toute liberté après un ballon, alors que dehors c'est la nuit et la neige. Parfois, c'est moi qui accompagne tes rêves. Là, c'est toi qui rejoins le mien. Quelle équipe, nous deux !

TU VAS À LA PÊCHE AVEC TA MÈRE. C'est son tour de rejouer avec toi les souvenirs de son enfance. Elle te met un bob sur la tête (l'accessoire numéro un du pêcheur) et une canne sur l'épaule. Et vous voilà partis, comme au temps de son grand-père.

Finalement, tu es un peu notre gros jouet. Elle te déguise en pêcheur, moi en footballeur, docile poupée Barbie. Jusqu'à ce que tu choisisses un jour ce qui te plaît vraiment, toi. Ce sera le paint-ball ou la chasse à la palombe, et on sera bien punis.

CET ÉTÉ, ton copain Paul est venu à la maison. Trois ans que tu ne l'avais pas vu. J'avais le souvenir d'un garçon gentil, un peu empoté. Il nous revient champion de foot, d'une vivacité balle au pied et d'une habileté technique inouïes ! Toi-même tu n'en reviens pas. Et quel shoot ! J'ai un mal fou à capter ses tirs. Je dois en convenir (et Dieu sait si ça me coûte) : il est bien meilleur que toi. Tu t'en rends compte aussi, et tu m'observes du coin de l'œil, piteux face à la tornade Paulo, redoutant d'être détrôné dans mon cœur. Comme si j'étais l'entraîneur de ta vie et que j'allais te mettre sur la touche.

— Où tu as appris à jouer comme ça, Paulo ? C'est... C'est ton père ? (Question cruciale car c'est à mon tour d'être détrôné en tant qu'entraîneur.)

— Nan, j'ai appris tout seul. Mon père, il a pas le temps, il travaille beaucoup.

Passé le premier soulagement, le sentiment qui m'envahit est celui d'une formidable injustice. Le père de Paul, sans avoir jamais fait le moindre effort, se voit attribuer le statut de géniteur du futur attaquant de l'équipe de France. Précisément le poste que je visais, ironie du sort. Et je ne suis même pas sûr que, du fond de son bureau où il travaille tant, le père de Paul en soit particulièrement ému.

Quant à moi qui ai passé tout ce temps sur le terrain, te prodiguant mille conseils finauds, travaillant le contrôle et la passe (les fondamentaux), je comprends dans l'instant que l'équipe de France s'éloigne de toi, de nous, que le chemin nous est barré par un certain Paulo-les-bretelles, ex-empoté, qui nous a coiffé au finish, et sans l'aide de personne qui plus est.

Voici pour moi un nouveau deuil à faire : celui de père entraîneur du futur prodige, dont la caméra cherche partout le visage humble dans les tribunes du Stade de France, juste après que tu m'as dédié ton formidable but dans la lucarne, en soulevant ton maillot et dévoilant ton tee-shirt « à mon papa chéri, à qui je dois tout ». J'y renonce donc. C'est douloureux.

Désormais fils, nous jouerons pour le simple plaisir, et non pas pour ma gloire personnelle. Soit. À la limite, pourquoi pas ? Remercie ton copain Paul qui est venu nous humilier à domicile, dans notre grange, mais m'a permis ce considérable pas en avant sur la voie de la sagesse. Je l'en bénirai plus tard, mais pas tout de suite non plus.

TOI, SUPER FIER :
— Aujourd'hui, j'ai été admiré en CE1.
— Admiré, comment ça ?
— Eh ben lis, c'est écrit sur mon bulletin...
— Euh non, c'est « admis en CE1 ».
— Ah... (déception.)

MON SEUL RIVAL, c'est Jean-Luc. Jean-Luc pratique la fumeuse profession d'ethnologue (charlatan, oui !). Il est toujours en partance ou de retour d'Afrique où il vit dans une tribu de chasseurs d'éléphants. Alors toi, évidemment, il n'en faut pas plus pour te laisser bouche bée. Il s'assoit sur un rocher avec toi à ses côtés, pipe aux lèvres, et te fabrique un arc en chauffant la branche d'un noisetier. Puis il tend la corde, avec des gestes lents venus du fond des âges.

En même temps, il te conte quelques-unes de ses aventures parmi les Taïta, l'une des dernières tribus du Kenya à ne pas vivre sous la coupe de l'homme blanc. Le Kenya, le Kilimandjaro... Ça marche à fond avec toi. Je ne peux pas lutter. Surtout au retour d'un week-end à Béthune (Pas-de-Calais).

« Jean-Luc, il m'a dit, un jour il m'emmènera en Afrique. » Très bien, j'encaisse, un-zéro. « Ah bon, l'Afrique ? Là où il y a de grosses mygales ? ! » Tu blêmis. Un partout. Je t'avais prévenu, Jean-Luc : je suis un tueur.

TU PRÉPARES TES AFFAIRES pour partir à la colonie, excité comme une puce. C'est la première fois que tu seras aussi longtemps éloigné de nous. Relativisons : ça dure juste une semaine, et la colonie est à trois kilomètres de ta maison d'Ardèche.

On se promène dans la cour, au milieu des autres petits colons, on visite les dortoirs. Voilà, ça c'est ton lit, et là ton armoire. Tout te réjouit. Moi, je fais mine de me réjouir aussi, mais j'ai l'estomac noué : trop de souvenirs de première nuit à la colo à mordre mon poing et à pleurer ma mère en étouffant mes sanglots sous les draps. Je te vois passer joyeusement du réfectoire à la salle de jeux, dans une totale inconscience du futur drame de la séparation. En même temps, ça me soulage.

La cloche sonne, l'heure où les parents doivent quitter les lieux. Et là, c'est comme si tu te réveillais. Tu t'accroches à ma jambe de pantalon comme un forcené, hurlant qu'on te ramène à la maison ! Il faut une monitrice pour me venir en aide, te décrocher doigt par doigt, et t'emporter sous le bras avec la promesse d'un bon repas du soir qui t'attend, et des copains autour. Je m'enfuis.

Avec ta mère, on ne se sent pas très flambants. Oui, je sais, c'est ridicule. Une semaine. À trois kilomètres. Mais le premier soir, c'est toujours un an, à l'autre bout de la Terre. Le lendemain, on tente d'avoir des nouvelles par une amie du village dont la fille est monitrice et qui pourrait...

On se résout à téléphoner à la directrice sous le prétexte d'une affaire oubliée. Puis on décortique chaque mot de la conversation comme un communiqué officiel du Kremlin : « Ce matin, c'était un peu difficile, mais après ça allait... » Un peu difficile, quoi ? quoi ? Il a hurlé toute la nuit ? Il a tenté de se pendre avec les draps ?

Ta maman ressasse ses souvenirs de colo à elle : les plus grands qui la maltraitaient, l'aspergeaient d'eau, lui faisaient manger de la terre... Merci, ça m'aide beaucoup. Le deuxième jour, on guette le facteur. Miracle ! Du courrier. Deux cartes postales, une pour chaque parent. Déjà une bonne nouvelle, tu ne nous confonds pas dans une seule entité parentale générique. Nous existons individuellement pour toi. Bon point. Pour le reste, c'est encore du communiqué officiel soviétique. « Tout va bien, je m'amuse. »

Ça ne me rassure pas du tout. Me reviennent mes souvenirs du courrier de colo écrit sous la dictée du moniteur : « Bon baiser de la colonie, virgule, où je passe d'agréables vacances, point, signature. » Avant de cacheter l'enveloppe, j'avais juste eu le temps de rajouter un « Venez vite me chercher, c'est horrible ! » qui avait dû plonger ma mère dans la perplexité.

FINALEMENT, on s'en doute, tout s'est bien passé. Tu es bien plus fort que nous l'imaginions. Plus encore : j'ai appris que tu avais refusé de me parler au téléphone. « Je voyais les autres parler à leurs parents. Moi je savais que je serais encore plus malheureux après. C'était un piège ! » Tu n'as même pas ouvert le courrier que nous t'avons adressé, pour la même raison. Une volonté de fer. Je te vois autrement, à ce retour du front : un guerrier d'une autre trempe que tes deux parents, planqués à l'arrière.

LES VACANCES SONT FINIES. On fait du roller sur le terre-plein du boulevard Rochechouart. Une petite pause, on s'assoit côte à côte. Confidences.

— J'ai des souvenirs de la colo, cet été... Quand on a fait du camping... Le grand jeu du dernier jour...

— Tu aimerais être encore là-bas ?

— Oh oui !

— Tu sais plus tard, tu auras des bons souvenirs de nous deux ici en roller sur le boulevard... Et tu voudras y être encore. Eh bien j'ai une bonne nouvelle : on y est encore !

ÇA Y EST : je t'ai inscrit au foot. J'ai attendu que la demande vienne de toi, je le jure ! J'ai freiné tant que j'ai pu pour tester ta détermination. Je t'ai prévenu de toutes les difficultés : les autres (pour toi, le foot, jusqu'ici, c'est un contre un) (moi), le mauvais temps (tu joues en salle comme un petit privilégié), l'épreuve physique (deux heures d'entraînement)... Tu as tenu bon. Te voici à l'Olympic Montmartre (OM), super fier dans ton maillot bleu nuit du PSG (que j'ai fini par t'acheter).

On peut débusquer chez moi la volonté inconsciente de te faire suivre (en mieux) ma voie footballistique. Peut-être, mais je sais aussi ce que va t'apporter le sport collectif : la notion de l'autre (partenaire ou adversaire), l'apprentissage du schéma corporel, le goût de l'effort, le défoulement de toutes tes pulsions négatives.

Eh oui, le sport « école de la vie » n'est pas un vain mot. Le sport, tant décrié dans les milieux intellectuels (à mon époque en tout cas), perçu comme opposé aux activités de l'esprit, alors qu'il en est le versant complémentaire, indispensable je dirais.

Tu me remercieras aussi pour autre chose : grâce au foot, tu as accès à un langage international. Partout où tu seras, quelle que soit la classe sociale, la langue ou la couleur de peau, tu pourras communiquer, balle au pied. Ce minuscule terrain de la porte Montmartre est en fait une vraie ouverture sur le monde.

Plus prosaïquement, je dirais que tu vas pouvoir te sortir de bien des mauvaises situations dans tes futures cours d'école. Je ne pense pas que ça ait changé depuis mon époque : nul au foot, c'est la honte, bon joueur, tu survis. Un garçon fragile comme toi, prêt à fondre en larmes au moindre haussement de ton, pourra obtenir le respect des caïds, d'un simple crochet suivi d'un tir dans la lucarne.

Le mercredi matin, on termine l'entraînement et on file en tenue de foot gare du Nord où t'attend ta mère pour t'emmener au cours de violon. On le devine, le violon, c'est plutôt une idée à elle. Mais ça me plaît bien. Tu incarnes une nouvelle race d'humain : le footballeur violoniste. Qu'on cesse d'opposer ces deux activités, ces deux sensibilités, qu'on y voit au contraire comment elles fondent une nouvelle humanité, réconciliant l'art et le sport, le corps et l'esprit, la vigueur et la finesse.

Le sportif-musicien est l'avenir de l'homme. Et j'aime à te voir jouer du Mozart en short et maillot bleu barré de rouge, petit mutant du XXIe siècle.

Paradoxe : la première fois qu'on mettra les pieds au Stade de France, ce ne sera pas pour le football. Le temps d'un week-end, la mythique enceinte s'est transformée en station de sports d'hiver. Ça s'appelle « Rêve de neige », il y a des pistes de ski sur neige artificielle dans les tribunes, des descentes de luge, de l'escalade...

Personnellement, j'avoue avoir été un peu froissé par cette pelouse couverte de parcours d'obstacles... Pour moi, un stade, et spécialement celui-ci où la France est devenue championne du monde (quand même !), c'est un peu une cathédrale. Il y a quelque chose de sacré dans l'air sous cette auréole d'acier. Or, je croise sur la pelouse légendaire toute une flopée de bambins en moonboots, même pas nés en 1998.

Suis-je donc le seul au milieu de ces familles sacrilèges à esquisser dans le rond central une génuflexion mentale ? D'un regard circulaire, j'embrasse toutes les tribunes, discret hommage aux dieux du stade. Suis-je le seul à entendre cette clameur qui salue mon crochet suivi d'un tir dans la lucarne ? (Oui, ça, c'est sûr, je suis le seul.)

Pendant ce temps, tu t'es lancé dans les airs, grimpant le mur en tenue d'alpiniste, puis franchissant les obstacles avec une tyrolienne. Étrange vision pour moi que ce petit homme casqué en apesanteur, au milieu des gradins vides, là où peut-être Zidane a tenté une reprise de volée de quarante mètres...

On passe à la patinoire, qui doit se situer derrière les buts (poursuivons dans l'hérésie !). Et là, c'est le drame : tu fais une chute lourde. Cris, larmes. Genou bloqué. Que faire ? J'alerte les pompiers de service. Ils t'emportent dans leurs bras à travers la foule qui s'écarte horrifiée, se réjouissant silencieusement que ce ne soit pas leur gosse, je le sais j'aurais fait pareil, mais là, pour une fois, c'est mon tour, c'est mon enfant. Bien puni !

Et cette autre vision : mon fils emmené hors du terrain, dans le tunnel d'accès des joueurs. J'ai vu ça mille fois à la télé : la sortie d'un joueur blessé sur la civière, héroïque, avalé par le tunnel. Si on m'avait dit qu'un jour ça t'arriverait, et au Stade de France ! Oui, mais on m'aurait dit aussi « suite à une chute en patins à glace ». (Finalement, je préfère qu'on ne m'ait rien dit.)

Au moins cinq pompiers s'occupent de toi. Tu es fier, mais un peu gêné du dérangement. Notant ta date de naissance sur un registre, l'un d'eux remarque : « Tiens ? L'année de la coupe du monde ! ? » Ah ! quand même quelqu'un qui replace les événements en perspective.

Eh oui, mon fils était champion du monde à six mois, leur dis-je, le plus modestement possible.

Un autre pompier plus terre à terre examine le genou. Le diagnostic n'est pas fameux. Il va falloir t'hospitaliser pour des examens. On appelle une ambulance. Waow ! Cette aventure commence à t'exciter. Tu me glisses dans l'oreille la seule question qui vaille : « Est-ce qu'ils vont mettre la sirène ? »

On t'emporte dans les couloirs du stade sur une civière roulante. Un ascenseur. Il y a tout juste la place pour ta civière et six pompiers autour, dos à la paroi. Une dernière vision qui, elle, dure une seconde (décidément, c'est le jour des révélations mystiques) : Toi sous ta couverture dorée de survie, les pompiers mains jointes en cercle autour de ta civière. Jésus dans sa crèche, et les Rois mages. Je chasse rapidement cette image imbécile, d'autant plus que placé comme je le suis, moi, c'est l'âne ou le bœuf, merci bien.

C'est parti pour une sortie en trombe du stade, comme Batiston a dû en connaître après son agression par Schumacher à la finale de Séville 1982. D'ailleurs, comme Platini accompagnant la sortie de son coéquipier, moi aussi je t'ai tenu la main. Par le hublot arrière, je vois disparaître la fameuse auréole du Stade de France, qui a sanctifié l'équipe de France 98 – comment un lieu qui m'avait procuré autant de bonheur pouvait maintenant me plonger dans l'angoisse ? Glorieuse incertitude du sport.

Aux urgences de l'hôpital de Saint-Denis, l'attente est bien sûr très longue. On n'a pas eu le temps de manger avec tout ça. Je parcours les couloirs dans l'espoir de nous ramener deux sandwiches. Je ne trouve que des Smarties. Encore une situation inédite : Toi et moi au milieu de radios d'humérus scotchées au mur, partageant un repas de Smarties, ricanant malgré tout de nous-mêmes.

Pour examiner ta jambe, les infirmières sont formelles : tu vas devoir quitter ton pantalon. Tu te rétractes instantanément et me lances un regard suppliant : « Non ! Non ! Ou alors c'est toi qui le fais. » Les infirmières y voient une pudeur bien précoce et s'éloignent en souriant. Moi je comprends l'objet de ta panique : tu as oublié de mettre un slip ! Voilà bien les deux termes des plus grandes terreurs enfantines (en tout cas chez moi) : hôpital et slip oublié. Souvenir de ma mère qui pour me faire changer de sous-vêtements utilisait cet argument-massue : « Si tu te fais renverser par une voiture, et qu'on t'emmène à l'hôpital, tout le monde va voir que tu as un slip sale. » (Parenthèse : j'ai encore cette impression que pour ma mère, le choc avec la voiture, les blessures, tout ça était bénin par rapport à la honte que je lui ferais d'un slip avec traces de freinage.)

Verdict : rien de cassé, mais la rotule a bougé. Il faut immobiliser la jambe. Du javanais pour toi. Le docteur traduit : la jambe dans le plâtre pour quatre semaines. Catastrophe ! Le médecin ajoute ces mots qui te sauvent : « Il va te falloir des béquilles... » Génial ! Les béquilles, c'est la frime à l'école, et aussi de bonnes parties d'acrobaties. Ouais ! des béquilles !

De retour à la maison, tu annonces à ta mère, non pas que tu as eu un accident, mais, triomphal, que tu vas avoir des béquilles ! Ce qui s'appelle, en langage sportif, être bon perdant.

LA SUITE EST MOINS DRÔLE : les béquilles s'avèrent être plus contraignantes que ludiques. Et tu es privé de football le mercredi ! Je sens que tu enrages parfois, que tu tournes comme un fauve en cage sans cette possibilité inouïe qui est offerte à l'être humain et à l'animal : courir ! Alors j'improvise un stratagème pour te défouler : ton lit c'est les buts, tu es gardien, et moi j'essaie de marquer avec la balle en plastique. « Génial ! »

Soudain tu peux retrouver des sensations, plonger sans danger sur ton matelas, laisser libre cours à tes réflexes. Et moi aussi je m'amuse à tirer au but, entre ces quatre murs encombrés d'habits et de jouets. Que de parties épiques ! Comme quoi, le football, c'est beaucoup dans la tête. En plus, en une trentaine de matchs intenses (dont deux finales), on n'a rien cassé !

J'avais l'impression, moi, que ce n'était pas possible, qu'on n'a pas le droit de jouer au foot dans une chambre, que les parents allaient faire irruption et cesser cette activité inappropriée à coups de phrases sentencieuses sur ce qui se fait ou pas dans une maison digne de ce nom. Sauf que non, parce que les parents, en l'occurrence, c'était moi. (Génial !)

COMME TU ES COINCÉ à la maison encore quelque temps, tu assistes à ce spectacle unique : la prière du vendredi dans la rue Myrha. La mosquée est trop petite, alors les croyants s'installent dans la rue, barrée pour l'occasion : deux cents mètres de tapis colorés en plein air. Une foule compacte mais ordonnée, rang par rang, pieds nus, tournée vers La Mecque. Au signal de l'imam, tous s'agenouillent comme un seul homme, front au sol.

Selon le point de vue, du haut de notre fenêtre, on peut interpréter différemment ce spectacle. Image terrifiante du fanatisme en action, et tous les amalgames possibles avec le terrorisme. Ou belle manifestation de ferveur commune, une touche d'ambiance orientale à l'ombre des dômes du Sacré-Cœur qui se profilent là-haut.

Toi, penché par la fenêtre, tu considères les croyants dos courbés avec tes références : « On voit leurs slips ! »

À MON TOUR, je me suis blessé. Une chute idiote sur le poignet. Entorse. Longtemps, je t'ai aidé à t'habiller. Cette fois, c'est toi qui me tiens la manche de chemise, qui fait glisser la fermeture Éclair... En te voyant nouer délicatement mes lacets, je me dis que la boucle est bouclée. Ça y est, je suis vieux. Déjà ! ?

LA MÉCHANCETÉ : décidément ça ne passe pas. À quoi ça sert ? Pourquoi Gustave à l'école s'acharne sur toi, à trouver les mots qui vont te faire pleurer, et s'en réjouir ? Me voilà bien embarrassé par cette question. En gros : pourquoi le Mal ? Euh... Cher fils, parce que sans ombre pas de lumière... Et en électricité, il faut du positif ET du négatif pour que... Bon, je n'essaie même pas. Les Grands Thèmes, on se les réserve pour plus tard, OK ? Ce qui me laisse un peu de temps pour trouver l'explication moi-même.

« Et les crocodiles, pourquoi ils sont si méchants ? » Ah ! je peux répondre : ils font leur métier de crocodiles, pardi. S'ils pourraient faire un autre métier ? Pourquoi ils font pas biches ? C'est qu'ils n'ont pas le choix. Seuls les hommes ont le choix d'être crocodile ou biche. Et tu verras (ça ne va pas t'arranger), ils sont souvent les deux.

Tu t'es inscrit à l'atelier « lutte » du jeudi. Quelle drôle d'idée ! Tu me racontes comment tout le monde te flanque par terre sans difficulté. Pareil dans la cour de récréation, tu prends des coups, désemparé, incapable de répondre. Définitivement, tu n'es pas fait pour la bagarre. Attends juste que tes propres armes, ta sensibilité excessive, ton infinie candeur soient enfin reconnues, et qu'un jour changées en or, elles te garantissent le respect bien mieux que les poings serrés et la force imbécile.

Moi ça a pris du temps. Mais la naïveté d'enfant qui fait tant souffrir dans un monde cynique a parfois connu quelques éclaircies. Tiens, celle-ci : tout nouveau dans l'école, arrivé en CE1 (ton âge), j'ignorais qui était qui dans cette cours de récréation. J'avais un nouvel ami à mes côtés. Sans le vouloir, je bouscule un autre type, un peu plus âgé que moi. Il se retourne, mauvais, et me bouscule plus fort en retour. Surpris, je le bouscule à nouveau. S'ensuivent deux assauts épaule contre épaule, à la manière des grands cerfs. L'autre, sûr de sa force et voulant mettre un terme à la confrontation, se rassemble et fonce sur moi pour me mettre à terre.

C'est là que l'intuition, la fraîcheur d'esprit, je ne sais pas comment l'appeler, font la différence. Au moment de l'impact, je m'écarte prestement, et l'autre s'écrase au sol comme une bouse. Franc éclat de rire de ma part. Mon adversaire se relève, misérable, se frottant le coude, et s'éloigne, vaincu. Lueur d'admiration incrédule de mon ami.

J'apprendrais ensuite assez vite que mon adversaire, « Riton » la terreur, était le caïd incontesté de la cour de récréation. Plus tard, il me flanquera quelques raclées, sans même se souvenir de l'épisode fameux. Et j'encaisserai tout sans broncher, paralysé cette fois par sa réputation.

Peu importe : j'aurais connu, ce que je te souhaite aussi, la saveur rare du triomphe de la biche sur le crocodile.

VOILÀ, c'est Noël. À mon avis, le dernier où tu crois encore au père du même nom. À huit ans ! On n'est pas loin du livre des records. Pour nous, ça veut dire encore intriguer, te cacher les choses, éluder les questions embarrassantes. C'est épuisant. Un vrai numéro d'équilibriste. Surtout au moment d'acheter les cadeaux, et surtout si tu nous accompagnes ! Cette année, c'est le cas, on s'y est pris trop tard et sur la route de la maison d'Ardèche, il n'y a qu'un centre commercial. Pas le choix : il va falloir jongler. Ta mère t'emmène vers l'alimentaire, je m'éclipse à l'autre bout, côté jouets. Un plan qui semble tenir la route.

C'est oublier que ta mère et moi ne sommes pas des cadors du supermarché. Rapidement, je suis submergé par l'agitation, les lumières, le bruit, les rayons qui regorgent d'attractions clinquantes ; mille combinaisons de cadeaux possibles, cette caserne de pompier, ce circuit de voitures, ce jeu de construction. La tête me tourne. Sans compter qu'il me faut guetter le bout du rayon au cas où tu surgirais.

Je décide d'aller consulter ta mère. Je la trouve errant entre les surgelés et les fromages, à la dérive. Le supermarché a pour effet de lui faire perdre toute lucidité (n'est-ce pas la principale fonction du supermarché ?). Elle ne m'est d'aucun conseil, au contraire c'est moi qui dois la remettre dans le droit chemin, puis lui indiquer vaguement la direction des caisses.

Je repars encore plus fébrile, car maintenant je sens bien qu'elle ne te contrôle pas du tout, et que tu peux tomber sur moi, les bras chargés de mon larcin. Je circule parmi les armures de chevalier avec cette épée de Damoclès.

Enfin, j'ai choisi les jouets. Le plus dur reste à faire. Comme un imbécile, je n'ai pas pris de caddy. Le temps que j'aille en chercher un, quelqu'un m'aura piqué mes cadeaux si longs à trouver – il n'y avait plus qu'un exemplaire de ce clavier électronique en solde, alors pas question. Je prends donc le chemin des caisses, les bras chargés de la colonne de paquets menaçant de s'effondrer dans les virages, sans aucune visibilité, jetant des coups d'œil sur les côtés, à la dérobée... Ouf, pas de chère tête blonde.

Voici les caisses ! Horreur, il y a peu de monde encore : même à l'autre bout tu peux m'apercevoir et courir vers moi, c'est bien ton style, et la caissière tapote déjà les prix, je n'ai plus la ressource de tout fourrer d'un coup de pied sous un rayon de vêtements comme je l'avais imaginé, en cas d'urgence.

Je ne sais pas comment, je franchis les caisses, indemne, et j'aborde la dernière ligne droite : le parking. Êtes-vous déjà dans la voiture, toi et ta mère titubante ? Si oui, retour à la case échec. Non, personne ! Le diable est avec moi ! Je fourre le tout à l'arrière, le recouvre sommairement de couverture et de papiers divers, et referme la porte en sueur, tel le coupable moyen qui vient d'enterrer les indices. Trop facile, finalement ! Je suis comme ce capitaine de cavalerie à l'entrée d'un défilé rocheux : « Tout à l'air calme, TROP CALME ! »

Le voyage sur cette route enneigée de conte de fées se fera pourtant sans plus d'encombres. Les cadeaux du Père Noël que tu es si impatient de voir et qui te paraissent si lointains sont juste derrière toi, quelle bonne blague ! Les sortir discrètement de la voiture et les cacher dans l'armoire à linge sera un jeu d'enfant. Mais alors, où et quand l'erreur fatale ? ?

Elle est venue d'où on ne l'attendait pas, comme toujours : Josy, notre gentille voisine du village. Josy, venue nous apporter un colis du facteur. C'est ta grand-mère Françoise qui t'envoyait ton château viking en Lego. Mais Josy n'a pas vu que l'emballage était déchiré aux coins, et que dessous apparaissait le papier cadeau typique avec feuilles de houx ! ! ! Toi, tu l'as vu bien sûr, avec ton œil de sioux.

J'improvise une explication foireuse et, pendant ce temps, ta mère élabore en urgence une autre stratégie contradictoire : elle ouvre le colis à l'étage, entoure le papier cadeau à feuilles de houx autour de livres à elles (?), et redescend maintenant, m'annonçant, sur un ton faux, très surjoué, que sa mère lui a enfin expédié ses anciens livres d'école. « Dans du papier cadeau ? » dis-je, désespéré et anticipant tes soupçons. « Oui », fait ta mère joyeusement, sans même prendre la peine de trouver une nouvelle parade, un dernier replâtrage de l'édifice déjà bien craquelé.

Et pourtant, je le sens, j'en suis sûr, tu ne soupçonnes rien. Tu as tous les indices pour découvrir le pot-aux-roses, mais fondamentalement, tu ne le veux pas. Quelque chose dans ton inconscient d'enfant se met en travers, maintient la fiction coûte que coûte.

Un esprit terre à terre n'y verrait que la crainte chez l'enfant de ne plus avoir de cadeaux. Moi, j'aime y voir un lien avec le merveilleux qui met du temps à se défaire, car il laisserait s'éloigner, en se rompant brutalement, cette petite enfance de tous les possibles.

Et même si j'ai l'air de bougonner contre cette escroquerie de Noël, après celle de Pâques, même si j'ai conscience de la manière cynique dont les marchands s'en sont emparés pour alimenter la grande machine à produire, je ne regrette pas. Le Père Noël est une métaphore, ainsi que les contes de fées, prétendument destinés aux enfants. Et comme toute parabole, il y a une double lecture. Je pense que cette supercherie a entretenu chez toi le sens de l'émerveillement.

Cette jubilation tranquille, tu la rechercheras plus tard, dans un monde qui te sera présenté comme rationnel et raisonnable, désenchanté, mais dont tu sauras, toi, qu'il peut recéler quelque part un cadeau caché. Penser que désormais partout des cadeaux sont possibles n'est pas la plus mauvaise manière d'envisager la vie. Ni même peut-être la plus fausse.

TA MÈRE : la victime d'une belle injustice. À me lire, on croirait que je suis le seul à m'occuper de toi. Évidemment, j'ai choisi de ne raconter que le versant paternel, et pour cause. Laisse-moi ici lui rendre hommage. Aussi présente que moi dans ta vie, elle en est le contrepoint (parfois le contrepoison !). J'avoue que souvent avec toi je sombre dans la démagogie : je t'offre ce que tu aimes. Les films à explosions, le fast-food. C'est parce que je sais que ta mère passe derrière pour rééquilibrer. Avec elle, tu manges sainement, elle t'apprend le monde des saveurs, qu'il y a autre chose que la violence du sucré et du salé paternels, et pour les films, pareil.

Et puis quand on fait une activité tous les deux, c'est plutôt carré : tout est prévu, au cordeau, le programme est bouclé, minute par minute. Je bétonne. Ta mère, elle, t'emmène dans la ville au gré de son humeur et improvise (quelle horreur pour moi qui redoute en tout ta déception !). Ça donne une promenade souvent folle, riche de micro-événements, de vraies rencontres. Sans la pression du timing que je t'impose.

C'est une belle invention, finalement, ce truc du père et de la mère. Du masculin et du féminin. Ces deux pôles de ta croissance, ces deux aliments de ta sensibilité. L'absence de l'un des deux ne ferait pas seulement un orphelin, mais un handicapé.

TU COURS VERS MOI EN HURLANT, la bouche en sang. La seconde qui précède je t'ai vu disparaître sur ta luge, dans la combe enneigée, freiné par les branches du sureau. Aucun obstacle dangereux, je ne comprends pas. Entre deux hoquets sanglants, tu me parles d'une tige de fer qui t'est rentrée par la bouche. On t'examine, tu as une plaie à l'intérieur de la joue. Je t'emmène chez le médecin. La plaie est large mais pas trop grave. Tu es quitte pour une joue gonflée et trois jours de purée. Plus de peur que de mal, comme on dit.

Au retour, je suis ta trace de luge, puis soudain, ce poteau de fer planté, dressé, inexplicablement. Un oubli du jardinage de l'été dernier. Un piège mortel. Il t'est rentré par la bouche au cours de ta descente, mais à quelques millimètres, c'était l'aorte tranchée, et toi qui te vidais de ton sang en un instant, dans mes bras impuissants.

D'un côté, un monde paisible, la neige, le soleil, l'assurance tranquille d'une vie éternelle auprès de toi.

De l'autre, une terre dévastée, froide, ton corps sans vie et nous sans avenir, à revivre à l'infini la déchirure de cet instant.

Entre les deux, une tige de fer de l'épaisseur d'un clou. Ne jamais oublier que vivre est un cadeau ; être ensemble, un miracle.

LE LENDEMAIN, cette blessure t'a fait gonfler la joue. Elle te redonne le visage poupin du bébé que j'ai connu. Ça me fait un coup au cœur, cette joue ronde. Le bébé que tu étais revient me faire un petit signe de la joue, avant de re-disparaître dans les limbes de ta croissance inéluctable.

ÇA Y EST, j'ai craqué. Je m'étais pourtant juré de ne te montrer ça que sur mon lit de mort. La cassette de mon but historique. C'était à Montpellier, au stade de la Mosson, quarante mille places, en ouverture d'un match professionnel. Avec mon équipe de bras cassés, nous jouions contre les sponsors du club. La rencontre était filmée. Sur le document, on me voit dans le maillot blanc, cerclé de bleu aux manches, numéro 13, hériter du ballon dans la surface et adresser un tir canon, qui littéralement troue les filets adverses. Bon ça, c'est ce que j'ai vécu. Sur l'écran, le tir est un peu plus mou. Qu'importe. Un but d'anthologie.

Je ne pouvais plus attendre, maintenant que tu regardes les matches à la télé, que tu as les clés, que tu connais la valeur des choses. Il fallait que tu voies ton père de son vivant de footballeur. À l'heure de *Télé-foot*, un dimanche matin, j'ai négligemment glissé la cassette dans le magnétoscope. Tu as bondi. « C'est papa ! C'est papa qui passe à la télé ! ! ! »

Oui, c'est vrai qu'à l'heure de *Télé-foot*, la confusion était possible. Je ne l'ai pas dissipée tout de suite, car tu étais déchaîné, alertant la populace de l'appartement à grands moulinets de bras, laquelle populace s'en foutait royalement, j'ai même entendu ta mère dire que je pratiquais avec toi le culte de la personnalité.

Il faut dire que le résultat a dépassé mes espérances. Les yeux rivés sur l'écran, tu m'as demandé de repasser la séquence une bonne dizaine de fois. Ce qui ne m'était jamais arrivé auprès des divers amis dubitatifs, conviés à honorer ma Gloire.

Jusqu'à quand pourrais-je t'utiliser pour compenser les manquements de mes contemporains ? Déboulonneras-tu un jour ma stalinienne statue, moi qui ne désire qu'un modeste mausolée sur la place Rouge de ton enfance ?

UNE DERNIÈRE FOIS, tu as joué les guérisseurs de plaies anciennes. Le jour où tu as trouvé, comme un trésor, la caisse où je range mes vieilles BD. Attention ! Pas de simples livres, les bandes dessinées que je faisais *moi-même*, sur des cahiers d'écolier à grands carreaux et marges rouges, et à la reliure fatiguée. Une dizaine d'ouvrages répertoriés, réalisés vers l'âge de dix ans. Histoires complètes avec débuts et fins (quelle opiniâtreté quand j'y pense ! Car l'enfant en général est plutôt velléitaire, il est rare – et parfois inquiétant – qu'il mène systématiquement les projets à leur terme, quelle névrose cachait cette obstination ?).

En vrac, il y avait là *Les Aventures de Bill Boney*, *Les Enquêtes de l'inspecteur Dupuis*,

Le Capitaine Crochette, *Tony sur la lune*, etc. Pas d'une originalité folle. Néanmoins, victime d'une espèce de paranoïa précoce, je concluais chaque ouvrage par cet avertissement : « Il est interdit de recopier ce livre », l'équivalent dans mon esprit du copyright. Tout de même : qui et par quelle aberration se serait donné la peine de « recopier ce livre » ?

Je n'avais à l'époque que cinq ou six lecteurs, parmi mes amis de confiance, ma petite sœur qui menaçait de tout couper aux ciseaux, et ma mère qui soulignait les fautes au stylo rouge. En général, les copains lisaient à peine et trouvaient que c'était moins bien que les albums de Tintin (mon concurrent direct sur ce segment du marché).

Donc je conservai par-devers moi les pieux ouvrages injustement négligés, dans des caisses en fer et dans l'espoir fou qu'un jour mon talent immense serait reconnu. Quelqu'un quelque part dans les générations futures. Ma bouteille à la mer du temps.

Et ce fut toi. Celui qui accorda à cet enfant perdu d'il y a quarante ans la considération qui lui avait tant fait défaut. Celui qui brisa cette solitude figée dans la glace, libérant le Bel au bois dormant. « Wah ! C'est super ! Tu dessinais vachement bien ? » Vraim... Vraiment ? Je ne sais pas si jamais compliment m'a plus touché.

Tu es tombé en premier sur « l'invasion des soucoupes volantes », coup de chance, celui avec le plus de soldats et d'explosions interplanétaires. Tu l'as lu d'une traite, et tu es ensuite allé direct à ton bureau pour dessiner les mêmes soldats avec des explosions.

Jamais le courant qui passe parfois entre ces deux enfants distants dans le temps n'a été aussi fort. Il a suffi de ton regard enthousiaste pour que ces entreprises démesurées (des centaines de pages dessinées) et vouées au néant prennent tout leur sens. Et puissent retourner dans leur caisse en fer. Comme ces fantômes qu'on dit errant sur la Terre jusqu'au jour où, enfin réconciliés, ils peuvent s'envoler au fond du ciel.

BIENTÔT HUIT ANS. Je suis arrivé au bout d'un système ; détenteur pour toi de la vérité absolue, metteur en scène de tes joies, rempart contre le malheur. Tu vivais dans une forteresse enfantine, sous la seule loi féodale de tes parents tout-puissants, ton père grand seigneur.

Mais tu atteins l'âge, où bientôt, fort heureusement, ça ne suffira plus. D'autres références, d'autres points vont se faire entendre qui vont enrichir ta personnalité. En dehors de nous. Je le dis la gorge serrée, car forcément, j'aimais bien ce rôle de dieu bienveillant que tu m'attribuais, et que j'ai complaisamment fait perdurer, tant que possible. S'ouvre à toi un nouveau monde plus complexe, plus dur, un froid plus vif, un soleil plus mordant, mais où tu grandiras aussi sûrement qu'à l'ombre tutélaire de tes deux anges gardiens.

Je sais, huit ans, c'est un peu tôt pour te faire le numéro du vieux père aux portes du château qui te donne son cheval et son glaive. Mais j'ai, tu l'as lu, un goût prononcé pour le lyrisme et je veux solennellement te dire que désormais, mon fils, tu es un homme libre : tu as le droit de ne plus rire de mes blagues (n'en abuse pas), d'être meilleur au foot (c'est pas gagné) et de savoir que dans l'arbre du parcours des écureuils, si j'hésitais avec la tyrolienne, c'est parce que j'avais la trouille. Voilà, c'est dit. Ton père n'est plus un héros. Et ça le soulage.

À l'aube de ta huitième année, je te laisse le choix de me signifier ton mépris, ou de garder ta main dans la mienne encore un peu, ce geste qui devait t'aider à grandir, mais qui m'a grandi en même temps.

Cet ouvrage a été imprimé par la
SOCIÉTÉ NOUVELLE FIRMIN-DIDOT
Mesnil-sur-l'Estrée
Pour le compte des Éditions Flammarion
en mars 2006

Composition et mise en page

NORD COMPO
multimédia

Imprimé en France
Dépôt légal : avril 2006
N° d'édition : FF 892501 – N° d'impression : 78929